平安後宮の洋食シェフ❷

蹴鞠と秋の宮中バーベキュー

遠藤遼

双葉文庫

目次

序

「米津玄師《よねづけんし》、聴きたい」

大鍋で出汁《だし》を取りながら、柴崎明日香《しばざきあすか》は心のそこからの声でそう言った。

「ああ。また明日香さまの時代のお坊さんの話ですね」

そばで作業をしている年若い女房の中務《なかつかさ》が、合いの手を入れる。

この場合の女房は〝明日香の嫁〟ではなく、宮中や貴族の邸《やしき》に仕えている女性たちを指していた。

おお、何と平安時代のようではないか。

その通り。まさしくここは平安時代である。

「お坊さんじゃないの。シンガーソングライターで音楽プロデューサー」

明日香は中務にわからないことを承知で、米津玄師の説明をした。つまり、そんな気持ちなのだ。

「しんがあ……。はあ……」と中務がものすごく微妙な顔で明日香の顔を見ていた。

〝相当お疲れなのですね〟という慰めのような眼差《まなざ》しをしている。

中務の眼差しの通り、お疲れである。お疲れであるが、その疲労の雰囲気を味に乗せないのがプロというもの。

明日香は洋食コックとして平安時代の宮中に存在しているのだ。

「けれども米津玄師は音楽家だからね。私は洋食シェフ。平野《ひらの》レミ先生を目指すべきなのかもしれない」

食べればコロッケとか食べれば餃子《ぎょうざ》とか、一見とんでもない料理を作り上げるが、実に理にかなった料理の数々を考案されている。日本が生んだ伝説的料理人といって何ら過言ではない。ブロッコリーたらこソースがけという、皿の中央にレンジで加熱しただけのまるごとのブロッコリーを屹立《きつりつ》させてソースをかけ、あまつさえそのブロッコリーが転倒するという伝説は他の追随を許さない偉業だ。生放送だったからとはいえ、これを最後まで放送した某公共放送は偉かったと思う。民放なら「しばらくお待ちください」の画面が出てもおかしくなかった。事前の打ち合わせでできる芸当ではない。

だが、みんな誤解している。ネット界隈《かいわい》では「歩く放送事故」とまで揶揄《やゆ》される平野レミ先生が初めて某公共放送に出たのは一九八五年――先生が三十八歳の頃。そのときの肩書きは料理研究家ではなく、「シャンソン歌手」だったのだ。そのとき作った料理は「牛トマ」。牛肉とトマトの煮込みなのだが、ここで先生はやってくれた。トマトを素手で握りつぶして鍋にぶち込んだのである。ちぎっては投げ、ちぎっては投げである。苦情の電話が殺到したのは言うまでもない。

だが、この料理、手で潰《つぶ》したトマトのほうがおいしいのである。

その頃の視聴者には、平野レミ先生の調理方法は早すぎたのだ。

ちなみに、いまなお平野レミ先生は肩書きとして「シャンソン歌手」を外さないでいらっしゃる。すてきなことだと思う。そのうえ、「料理研究家」とは名乗らない。「料理愛好家」なのである。研究より愛好。何とも含蓄《がんちく》のあるすばらしい表現ではないか。

自分だってどうしてこうなったかわからないけれども、こんなところで洋食を作っている。時代が追いついていないのだ。そうだ。やはり平野レミ先生を目指そう――。

「明日香さまは平氏《へいし》のお方ともお知り合いだったのですね」

と齢《よわい》十五の純粋な目をした中務にそう言われ、明日香は首をかしげた。

「平氏の方……？」

「平《ひらの》れみとおっしゃっていましたが、平《たいらの》れみというお名前なのでしょうか。平姓といえば桓武帝《かんむてい》の血筋はじめ、帝の皇子から臣籍に降った方に与えられる姓。明日香さま、こちらに来られていつの間にそこまで交友範囲を広げられたのですか」

中務の言葉の理解に若干時間がかかったが、おかげで明日香は少し冷静になった。

「平レミではないんだよ？　平野、という姓」

はあ、とまた中務が不思議そうに頷《うなず》く。頷きながら、それとなく周囲の様子を窺《うかが》っていた。

しかし、平氏の平野レミ先生か――。源平合戦の派手な鎧《よろい》を身に纏《まと》って、「平家にあらずんば人にあらずなの！　お腹に入っちゃえば一緒なんだから、私の料理食べたくないなんて人にあらずよ！」と啖呵《たんか》を切る平野レミ先生を想像して、案外はまっているような気がしてちょっと怖くなった。仕事、仕事。

……時は平安時代。場所は京の都。その内裏《だいり》の奥、後宮の食事を司る膳司《かしわでのつかさ》で明日香は料理を作っている。

そんな明日香の口から、なぜ米津玄師や平野レミの名前が出るかと言えば、彼女が米津玄師の大ファンであり、平野レミ先生の料理動画をよく見ていたから――なのだが、これでは説明になっていない。

先ほどから述べているように、明日香はどういう因果か二十一世紀の東京から、この平安時代の京都にやってきてしまったのである。

どうやってか。最終と思っていた新幹線を逃したあとにやってきた、乗客が誰もいない新幹線に乗って、気づいたら京都にいたのである。何のことだかさっぱりわからないだろうが、明日香自身よくわかっていない。はっきりしているのは「神さまのいけず！」ということだけだった。

何がどうなったのかわからないが、それを突き詰めても状況が変わることはないので諦め、起こった現実を受け入れることにした。

受け入れたら、案外、人生は楽になるものだ。

保護してくれた人物が二十一世紀でも有名な陰陽師《おんみょうじ》の安倍晴明《あべのせいめい》だったり、歴史の教科書で有名な藤原道長《ふじわらのみちなが》に豆腐ハンバーグを作る羽目になったり、いつの間にやら後宮に出仕して女御彰子《しょうし》や中宮定子《ていし》に三色丼を振る舞ったりするようになったり、珍奇な経験は枚挙に暇《いとま》がない。

大鍋で取っていた昆布出汁の味見をした。

「うん。いい出汁ができた」

厳密には洋食ではないかもしれないが、よい昆布出汁は何にでも使える。平安京でコンソメの素は手に入らないし、フォン・ド・ヴォーを作ろうにもブーケガルニなどの入手が厳しい。ある程度の妥協は必要だった。ごっくんしておいしければいい。平野レミ先生はつくづく偉大である。

明日香は鍋を持ち上げて火からどかし、大きな箸《はし》で昆布を取り出した。

昆布出汁のよい香りが後宮の料理を作る御厨子所《みずしどころ》に満ちる。周りで立ち働く膳司所属の采女《うねめ》たちが鼻を動かして香りを嗅《か》ぎ、明日香の鍋のほうを見ていた。

采女たちや中務の小袿《こうちぎ》姿の中にあって、明日香の白いコック服は目立ちこそすれ、奇異なものではなくなっている。

なし崩し的に平安女子と一緒に料理をするようになった明日香だが、ときに耐えきれないこともある。

人の世に生きているなら、それはしかたがないとは思うけれども……。

たとえば――二十一世紀の日本に帰れないこと。

未来から過去に来られたのだから、平安から令和に戻れてもいいと思うのだが、そんなに簡単にはいかないらしい。陰陽師のスーパースターである安倍晴明曰《いわ》く、死刑でも賜《たまわ》れば未来に帰れたかもしれないという。いわゆる「死に戻り」というやつなのだろうが、そんな無意味な帰還はごめん被《こうむ》りたいと思っている。

それに、これは最近知ったことだけれども、いまの都では死刑は行われていないのだとか。嵯峨帝《さがてい》のときの薬子《くすこ》の変を最後に、帝の裁可による死刑は行われていないのだ。

未来に帰れないから、即〝不幸〟かといえば、そうではなかった。

おかげさまで彰子や、彼女に仕えている大納言《だいなごん》と小少将《こしょうしょう》の姉妹、明日香のそばにいつもいてくれる中務がとてもよくしてくれるおかげでさみしくもないし、料理をみんなに食べてもらって喜んでもらえるから、がんばってみようという気持ちになっている。

未来に戻れるかどうかは、突き詰めれば明日香ひとりの問題なのだから、自分の心ひとつで重要度は変わるのだ。

ところが、そんな悠長なものでは済まされない問題が立ち上がったのである。

彰子の懐妊だ。

めでたいことだった。

彰子は藤原道長の長女で、今上帝《きんじょうてい》（一条帝《いちじょうてい》）に入内《じゅだい》している。おっとりとした面立ちの、いわゆる和風の美人なのだが、心ばえは細やかでやさしく、どこの誰かもわからない明日香の作る料理もおいしいと食べてくれる。

帝の女御である以上、懐妊は必然だし、道長としてはそれが狙《ねら》いだ。

もっと正確に言えば、彰子のお腹の子供が男子であって次の帝になってくれれば、道長は外戚《がいせき》として権力をほしいままにできるから、それを狙って娘を入内させたのである。

歴史の授業で習う、藤原氏が帝の外戚となって権力を振るう摂関《せっかん》政治の時代なのだ。二十一世紀で日本の歴史を学んでいた明日香には、その道長の目論見が達成されることは既知だった。

とはいえ、細かいところまでは覚えていないし、それどころか京都旅行のガイド本に書かれていない──つまり明日香の時代に伝わっている歴史とは若干の齟齬《そご》があるのではないかと思われる事柄にもいくつか遭遇しているので、完全な自信があるわけではないのだけど。

いずれにしても、彰子は懐妊した。

その影の立役者とでも言うべき存在が、実は明日香だったのだ。

もともと食が細く、線も細かった彰子だが、明日香の料理は大好きだった。この場合の明日香の料理とは、明日香が作った二十一世紀の日本の洋食で、特に材料を苦心して集めて作ったフライドチキンはしとやかで清げな女御彰子の心を鷲摑《わしづか》みにしたものである。

それどころか、味覚は〝現代人〟している節があって、平安時代の平均的な食事よりも、明日香が趣味と実益を兼ねて作り上げたフライドチキンやチキンフィレサンドを好んで食べていた。

閑話休題。

おいしいものを食べて元気になって、生来の美しさに磨きがかかったら……それは帝のご寵愛《ちょうあい》も増すというもの。

そうなればご懐妊、というのは当たり前じゃないですか、奥さん。

そんな感じで帝と彰子のラブラブな関係に自らの洋食が生かされてしまった明日香なのだが、そうなればなったでやはりこの懐妊への責任感というか思い入れというか、気持ちの入れ込みようはちょっと大きくなる。

「でかしたぞ、彰子」と道長がだらしなく笑み崩れ、明日香にまで、「でかしたぞ、明日香どの。大手柄じゃ」と舞い上がっていたのもまったく許せてしまうほどに、明日香もうれしかった。

「私の洋食で授かった尊い命。無事に生まれてくるまで、おいしいもので支えてあげたい」

それが明日香の偽らざる本心なのだ。

そのためなら、二十一世紀の日本に帰るのを遅らせてもかまわないと思うほどの気持ちなのである。

お腹の子の無事な出産は、彰子付きの女房も後宮の女官たちもみな一様に望んでいる。

その意味ではみんなの気持ちは同じだった。

気持ちが同じだからこそ、方法論で食い違ってもめるのである。

彰子の懐妊に伴い、自らも出産経験のある古い女房や女官たちは大喜びでこう言った。

「さあ、女御さま。元気な子を産むためには、何はなくともとにかく食べることです。これから毎日たくさん食べて太りましょう」

しかし、二十一世紀の管理栄養士資格も持っている明日香は知っている。

「お腹に赤ちゃんができたからって食べまくればいいというのではないのです。太りすぎるとかえってお産が難しくなったり、病気になったりすることもあるのです」

この意見が激突しているのだった。

明日香の作業を手伝いながら、周囲に気を配っていた中務がささやいた。

「あちら、たぶん女御さまへのお膳《ぜん》です。もうすぐ出発しそうですよ」

中務が軽く目配せしたほうを見れば、雄渾《ゆうこん》な盛り付けの強飯《こわいい》の膳がいままさに御厨子所から運ばれようとしていた。

「ち。遅れを取ったか」

明日香が舌打ちをする。

それにしてもいつ見てもすごい強飯の盛り付けである。

この時代、米を「炊く」という考え方がまだまだで、「蒸す」か「煮る」が調理法だ。蒸せば強飯であり、煮れば柔らかめのごはんに近い姫飯《ひめいい》。米を蒸して作った強飯を円柱状にきりきりと盛り付けるのがお貴族さまのお膳らしいのだが、彰子のぶんはさらにもう一撃重ねている。まるでブロッコリーの上にブロッコリーを重ねたようなものだ。よく倒れないなと感心する。

いま〝雄渾〟と表現したが、まさにぴったりだと思う。動詞で表現すれば〝屹立している〟とでも言おうか。

強飯が雄渾に屹立している。

何だかものすごいパワーワードだった。

「あ、出発します」

「あんなの慌てて持ってったら折れて崩れるに決まってるから、放っておけばいいのよ。すぐに追いつくから」

明日香の心の中の平野レミ先生が一蹴《いっしゅう》した。

明日香は明日香で料理の仕上げに入る。

しっかり出汁を取ったおすまし、ゆるめに作った雑炊《ぞうすい》、野菜をからりと揚げた野菜チップス、一口サイズの豆腐ハンバーグに、ナゲットサイズのフライドチキンも用意した。若布《わかめ》の酢の物は大事だ。酸っぱいものなら食べられる、というのはよく聞く話だし。

お米がどうしてもダメなときのために小さめのパンも作ってある。

すべて少しずつ、である。

つわりが始まった彰子が、「これなら食べられそう」というのがまだ見つかっていないのだ。

つわりのメカニズムは、実は二十一世紀の日本でも原因不明だった。安倍晴明曰く、

「母の身体の中に新しい命、魂が宿るときに起こるようだな」とのことだったが、明日香にはちんぷんかんぷんである。兎《と》にも角《かく》にも、彰子の身体が楽になるように、そして少しでも栄養を取れるようになってほしいというのが明日香の目下の願いだった。

　それは他の女房たちも一緒なのだ。

　ただし、お産経験のある女房の主たる意見は「気持ち悪くても食べる」「吐いてもいいから食べる」なのが、明日香をいらだたせていた。

「明日香さま、お膳、持ちました」と中務がやる気十分に笑顔を見せる。

「よっしゃ。行こか」

　明日香は手に何も持たずに中務の少し前を歩く。誰かにぶつかったり邪魔されたりしないようにするためだった。

　先に出発した雄渾盛りのお膳にはすぐに追いついた。敵は敵で簀子《すのこ》のど真ん中をしずしずと上品にお運びになって嫌がらせをしてくれている。

「あのぉ。明日香さま。手近な局《つぼね》をいくつか突き抜けて先回りしてしまいませんか」

と中務が過激なことを言う。宮中の建物は柱と屋根が主たる構成要素。それ以外の細かな仕切りは几帳《きちょう》だったり屏風《びょうぶ》だったりで要するに動かせる。角部屋にあたる局をちょっと斜めに突っ切ってショートカットさせてもらえば、雄渾盛りのお膳を追い抜くのは容易だった。

大丈夫、と明日香は笑い、大きく息を吸った。少しまえを儀式のように進んでいく女官たちに言い放つ。

「そないにゆっくり歩いてたら、ごはんもおつゆもみな冷めてしまいますわ。作った人もかわいそやし、食べもんがいちばんかわいそ。女御はんにまずいごはん食べさせてええんですの？」

明日香がイントネーションのあやしい言葉遣いで呼びかけると、先を行く女官たちがはっとなったようだ。

気持ち、彼女たちの足が速くなる。

「いまのは何ですか」と中務。

「心の中の土井《どい》善晴《よしはる》先生」

「……明日香さまはいろいろなお師匠さまをお持ちでいらっしゃるのですね」

平野レミ先生といい、土井善晴先生といい、一面識もないのだが。それと、たぶん本物の土井善晴先生はあんな皮肉は言わない。もっとおやさしい方のはずだ。それを説明しているとややこしいこと限りないので、にっこり微笑《ほほえ》んで胸を張って歩いた。

「これでもダメならまだ別の〝先生〟もいるから」

「ほおお……」

傍《はた》から見れば白い狩衣のようにも見えるコック服をまとった明日香が、女官たちを追い立てているように見えるだろう。現実に追い立てているのだから、明日香は別になんとも思っていない。

雀《すずめ》の子らがちちち、と鳴いている。明日香はちらりとその雀に目線を走らせた。

御座所につくと、大勢の女房たちにかしずかれた彰子がいた。

和風美少女ここにあり、という感じだ。

一重の目はふわりと微笑みをたたえ、色白の頬《ほお》は愛らしく、小さめの鼻と口は人形のように繊細である。もともと小柄な彼女だが、つわりのせいで顔色が若干優れず、ますます衣裳《いしょう》の中に埋まるように見えてしまうのが痛ましかった。

「お食事をお持ちしました」

と明日香が深く頭を下げると、その言葉が終わるまえに年かさで太った女房がお膳を引き取りに来た。明日香の膳の方ではない。雄渾盛りのお膳である。

「ささ、女御さま。しっかりお召し上がりください。元気なお子を産むにはとにかく食べなければいけません」

この女房は大命婦《おおみょうぶ》と言う。彰子の懐妊に伴い、彰子の父・藤原道長が招いた人物だった。使命はただひとつ、とにもかくにも立派な子を産ませること――。

「え、ええ……」

彰子が明らかに微苦笑していた。

「五人の子供を産んだこの大命婦の経験から申し上げるのです。さ、箸をお取りください」

年かさの太った大命婦が彰子の小さな手に箸を勧める。

お膳が近くに来たせいか、彰子が顔をしかめた。

「す、少し待って」

と彰子の小さい声が聞こえる。

ダメだった。明日香は立ち上がった。

「お膳を下げなさい！　大命婦さま」

一同がぎょっとしたような表情で明日香を見つめている。明日香はお構いなしにずんずんと御座所を歩き、彰子に一礼すると、彼女のまえの膳をどかした。自分のコック帽も取る。料理の匂いが染みついていたら悪いと思ったのだ。

いま彰子が顔をしかめたのは、きっと食べ物、それも強飯の匂いがダメだったろうと推察したのだ。いわゆる「匂いづわり」だ。

「何をなさるのですか」

「つわりで苦しいときに無理に食べさせなくてよいのです！」

「宮中では食事の時間だって決まっています。そのときにきちんと有り難くいただき、お腹の子を育てるのが務めでしょう」

「そんなこと言ったって、食べられないものは食べられません」

明日香が強く反論すると、大命婦が眉《まゆ》を吊り上げる。

「お腹の子は女御さまが召し上がらなければ、育たないのですよ」

「それはわかっています。けれどもただ食べればいいというものではないし、お腹の赤ちゃんに必要な食べ物をきちんと取っていくためには――」

「ほら！　だからこそ食べるしかないんでしょ。お産は命がけ。食べて力をつけるのは女御さまをお守りするためでもあるのですよ？」

「そうじゃなくて！」

すると大命婦が露骨に顔をしかめた。

「今日もですか。あなた、ご自分の作った妙な料理を女御さまに食べていただけなくなるのがイヤだから、そんなに邪魔ばかりするのではなくて？」

あまりの怒りに、明日香の顔から血の気が引いた。

雀の鳴き声が聞こえた気がする。

「え？」

続く大命婦の言葉がさらに明日香の怒りの火に油を注いだ。

「あなた、そもそも子供を産んだことがないでしょ？　私は五人産んだのです。一生懸命食べて、子供たちを、この身を削って産んだんですから」

「くっ……」

明日香はかんかんに怒っていた。

けれども、その怒りの対象は大命婦ではない。他の女房たちでもない。まだ栄養学が未熟なこの時代への怒りだった。

大命婦は五人の子供を産んだという。すごいことだ。医学や栄養学が発達した二十一世紀でもそうそうできることではない。お産が命がけなのは今も昔も変わらない。

けれども、その代償ではないが、彼女の歯は半分以上抜けている。髪も薄くなり、地肌が見えないように苦心しているのも明日香は知っていた。お腹の子にカルシウムなどがどんどん吸い取られていったからだろう。

産後の体型維持は人それぞれだし、難しい内容があるからそれ自体をどうこうは言わない。けれども、大命婦が普段よく水ばかり飲んでいるのも明日香は知っていた。それは明らかに水飲病――つまり二十一世紀でいう糖尿病《とうにょうびょう》の傾向を示している。妊娠中に過剰にカロリーを摂取しすぎることで、妊娠糖尿病になるケースは珍しくない。明日香の祖母くらいの代なら、「妊娠したらまずは食べて太ること」が絶対的に正しかった。だけれども、現在では違っているのだ。妊婦といえども食べ過ぎれば普通に肥満になるし、妊娠高血圧症にもなる。いざお産というときにも産道に脂肪がついてしまってかえってお産を重くすることだってある。

それよりも必要な栄養素を必要なだけ、きちんと摂取することが肝要なのだ。

大命婦は悪意ではない。善意の人なのだ。だからこそ、その無知が悔しい……。

「お産が命がけなのは知っています。だからこそ、私は自分の持てる知識と技能のすべてをかけて、女御さまをお支えしたいのです」

言いながら、目頭が熱くなる。

わかってもらえないというのは、相手が善意であればあるほどこんなにもつらいのか。

そもそもこんな言い争いの姿、彰子に見せたくはなかったのに……。

こんな争いがもう五日も続いていた。

明日香の涙を見た大命婦が鼻白《はなじろ》んだような表情で、止まる。

すると彰子の穏やかな声がした。

「食べますよ。大命婦。安心して」

見れば、彰子が口元を押さえながらも微笑んでいる。

彰子が箸を摑み、強飯に箸を入れた。ごくわずか、口に運ぶ。

水気の少ない蒸した米の食感は、匂いも味もいまの彰子にはつらいだろうに……。

そのときだった。

「申し上げます。藤原道長さま、安倍晴明さまがお見舞いにお越しです」

簀子から凜《りん》とした美しい女性の声がした。

この声は、という表情で中務が簀子を覗《のぞ》くと、桔梗《ききょう》色の唐衣《からごろも》を纏ったオトナ美人が楚々《そそ》と頭を下げている。

涼花《すずか》、と思わず声に出そうになった中務が途中でのみ込む。その代わりに中務が明日香のほうを向いた。「これが次の〝先生〟でしたか」

そうではない。明日香の想定はいろいろな料理関連の先生だったのだけれども、いまはこれ以上心強い〝先生〟もいなかった。

涼花がよい判断をしてくれたと思う。

涼花は、厳密には女房ではない。人ですらない。陰陽師・安倍晴明が操る式、あるいは式神《しきがみ》と呼ばれる神霊の一種で、晴明の身の回りのあれこれを完璧にこなしている。式という性質上、人間以外の存在にも姿を変えることができ、具体的には先ほどまで「後宮の庭でちゅんちゅん鳴いている雀」の姿をしていた——と知っているのは明日香と晴明だけだった。

明日香と晴明は相談のうえ、ある約束をしていたのである。

御座所が慌ただしくなった。

几帳が張られて彰子の食事風景が隠される。

多くの女房は他へ下がり、残った女房たちも衵扇《あこめおうぎ》で顔をしっかり隠した。衵扇は檜《ひ》の薄板を細長く削ったものをとじて作った扇で、男たちが笏《しゃく》の代わりに用いる檜扇《おうぎ》と基本は同じだが、女房が使うこちらは彩色したり色糸を長く垂らしたりしていた。

「おお。女御さま、食事時であったか。申し訳ないな」

と道長がばたばたと入ってくる。

「いえ。大丈夫です」と彰子が小さく答えた。

「どうだ。食べているか」

「はい……」とかすかな声がした。

「女御さまにはきちんと食べていただき、元気なお子をと思っているのですが、そちらのお方がどうにも反対のようで」

と大命婦が道長に告げ口する。「そちらのお方」というのは、もちろん明日香のことだった。道長が複雑な表情で明日香を一瞥《いちべつ》する。またおまえか、という表情なのだが、一方的に明日香を断罪する雰囲気はなかった。

道長は、明日香の料理の腕をよく知っている。もはやその料理の虜《とりこ》と言ってもいい。明日香の料理が道長を魅了したのは何となくの流れでもあったが、道長自身にも幸運な出来事だった。先に触れた水飲病、つまり糖尿病に道長は罹患しているのである。糖尿病の性質上、病状はゆっくり進行するが、基本的に根治は難しい。そのため明日香が管理栄養士としての知識をフルに動員して道長の胃を摑んでしまうことで、病状の進行を食い止めているのである。

とはいえ、未来なる訳のわからないところからやってきて見慣れぬ衣裳と料理をひっさげ、後宮に波乱を巻き起こしている明日香を手放しで褒《ほ》め称《たた》えているわけでもなかった。

「明日香。なぜいつももめ事の渦中におぬしはいるのだ」

「しょうがないじゃないですか。重いつわりで苦しんでいる女御さまを放っておけません」

「しかしな。飯を食わんで子が育つものか」

「赤ちゃんはお腹の中に十月十日いるんです。つわりが治まってからでも充分間に合います」と道長に反論していた明日香はふと気になって尋ねた。「まさかとは思いますが、自分の妻のつわりのときに付き添ってあげたりはしなかった、むしろ無視してたりしたなんて言うんじゃないでしょうね？」

「な、なんでそんなことを訊くのだ」

「何となくの直感ですが、違いますか？」

道長の目が泳いだ。「つ、つわりに立ち会う男などいるものか」

この時代の男としては正直な意見だと思う。けれども、「だったら黙っててください」である。

道長の表情が引きつった。口をあうあうさせている彼の肩に、涼しげな表情の晴明が軽く手を置いた。

「私の占に出ていた女御さまのご体調の問題は、つわりと食事の問題だったようですね」

「む、む……。晴明。おぬしのほうではどのように占が出ているのだ」

「旧来の理《ことわり》は脇へ置き、ありのままに見よ、と」

我が意を得たりと、明日香が口を挟もうとしたときだった。

再び簀子から女房の声がした。涼花ではない。

「失礼します。中宮さまがお見舞いに来られます」

中宮とは、藤原定子だった。

彰子の御座所にどよめきが起こる。

定子は道長の娘ではない。

美男の誉《ほま》れ高い藤原道隆《みちたか》と本格女流漢詩人の高階《たかしなの》貴子《きし》のきらびやかなところをすべて集めて生まれたとされる、今めかしい姫だった。彰子が純和風の美少女だとすれば、定子は華麗な洋風美少女である。入内の日数では彰子に先んじているし、中宮という位は后《きさき》たちの頂点でもあった。

「何だと」と道長の声が裏返った。彼だけではない。御座所の全員が、明日香をも含めて目を丸くしていた。

ただひとり、白皙《はくせき》の陰陽師・安倍晴明だけはかすかに微笑んでいる。

「晴明さま。何かしました?」

二十一世紀の栄養学を力説して、つわりのつらい彰子にむちゃ食いさせるのをやめさせるために力を貸してくれと、晴明には相談して頼んではおいた。涼花が今日までの様子をずっと見ていて、ついに今日乗り込んできてくれたのは有り難い。

しかし、定子まで担ぎ出そうとは相談していなかった。

「旧来の理を破るのにもっともよい方法ですよ」

と晴明が小声で返してくる。やはりこいつの仕業だったか。陰陽師というのは昔、映画などでしか見たことはないが、どうもその得体の知れなさは映画のような存在に近いらしい。

そうこうしているうちに、幾人かの女房を率いて、鮮やかな赤い小袿の定子がやってきた。

さすがに道長が狼狽《うろた》える。

「中宮さまのお運びとは、まことにもって畏《おそ》れ多く……」

「道長さま。いつも女御さまのことを気にかけてくださってありがとうございます。風の便りで、女御さまがつわりでおつらくされていると伺い、いてもたってもいられなくなり、せめてお見舞いにとしゃしゃり出たまでです」

ふと気づく。いつもより、定子も女房たちも、香が薄い。彰子のつわりへの配慮だろうか。

「中宮さま。このようなところへわざわざお越しになるとは――」

几帳の向こうで彰子が恐縮している。定子は持ち前の〝今めかしさ〟でずんずんと中へ入って行ってしまった。

定子たちまで入るとさすがに狭い。むしろ、道長と晴明が簀子へ追いやられ、男たちの目線を妨《さまた》げる場所へ几帳が移動した。

「ああ、お食事中でしたのね」

「はい……お見苦しいところを――」

「けれども、食べられないでしょう」

「……はい」

なるほど、晴明が定子を連れてきた理由がわかった。

中宮相手に嘘《うそ》はつけない。

彰子はいろいろ気を遣い、道長や大命婦などのまえでは、苦しくても食べられると言ってしまう――。

今めかしくない彰子が本心を吐露できるのはこのような形しかなかったのだ。

「私が生まれるときにも、母はつわりがひどかったそうです。まる二月もまともに何も食べられなかったとか」

「まあ、そんなに……」

「それでも私はこうして生まれましたから、大丈夫ですよ。兄の伊周《これちか》のときには逆にお腹がすいてお腹がすいて、とにかくごはんを食べていたそうです」

俗に言う「食べづわり」というものだろう。

「そのようなこともあるのですね」

と彰子が感心している。簀子の道長もちゃんと聞いているだろうか……。

「人それぞれです。——あら、これは明日香さまが作られたお膳？」

「はい」

「女御さまは、明日香さまのお料理がとてもお好きでしたよね」

「ええ……」

「どちらのものでも食べられるものがあれば、それを口になさいませ」

「ですが……」と彰子が言葉を濁す。

けれども、定子は快活に微笑んだ。

「女御さまはおやさしいから、用意してくれた人びとの気持ちを考えておしまいになるのでしょう。でも、いまはわがままになっていいと思います」

「はあ……」

「つらい気持ちを毎日引きずっていたら、お腹の子までつらくなっちゃうでしょ？　女御さまに会いたくて一生懸命お腹の中でがんばっているんだから、女御さまも明るく楽しい気持ちで〝早く会いたいよ〟って慈しんであげましょう？　ね？」

「――はい」

彰子がぽろぽろっと涙をこぼした。あらあら、と定子が彰子の頭をなでている。

明日香は心の底から感服した。

これが〝今めかしい〟の正体なのか。

奥ゆかしく、黙って周囲の人の気持ちに敏感にしているだけとは違う。

けれども、とても大切なところをきちんと抑えているのは間違いなかった。

「そういうことですから、みなさまそれぞれに女御さまの身を案じて、食べ物を用意したり、ご祈禱《きとう》をしたり、いろいろされると思いますけど、最後は女御さまのお好きに選べるようにして差し上げてくださいね」

中宮からそのように言われれば、みな、「はい」と平伏するしかない。

定子は明日香の膳の野菜チップスを手にした。

「あ。これ、私も最近、好きになったところ」そう言って定子がレンコンチップスを口にした。「うん。塩味でおいしい。——女御さま、何か食べたいものは？」

「それでしたら、明日香の汁物を口にした。明日香さまの羹《あつもの》を……」

彰子が明日香の汁物を口にした。「ああ。おいしい」

彰子がにっこり笑った。「ああ。おいしい」

「温かなものをお持ちしましょうか」

と明日香が言うと彰子は首を横に振った。「今日はこのくらいでいいです」

「あと何か食べられそうかしら？」

「では、明日香さまの若布を……」

酸っぱいものは妊婦の味方である。

「ああ。酸っぱくておいしい」

「不思議なものですね。酸っぱいものがほしくなるなんて」

ええ、と微笑んだ彰子の目が明日香と合った。

「あ。何か……」

明日香の問いには答えず、彰子ははにかんだ。明日香が小さく首をかしげると、定子が彰子を促した。

「いつも通りとてもおいしいのですが……できれば次はもう少し、酢をきかせてください」

「はい――必ず！」

彰子が懐妊して初めて食べ物の希望を――わがままを言ってくれたのがうれしくて、明日香は不意に胸が熱くなった。

定子がふわりと、晴明が涼しげに笑っている。

「女御さま？　もしそれで気晴らしになるのなら、お食事のときに私をご一緒させてください」

「中宮さま、それは……」

「ふふ。毎度毎度だとご迷惑でしょうから。でもたまには女ふたりでおしゃべりしましょ？」

彰子が自分の女房たちを振り返る。大納言も小少将も、大命婦も笑顔で頷き返した。

「そのときのお食事はどうしましょうか」

と晴明が口を挟んだ。

「もちろん。明日香と膳司にいつも通りに作ってもらいましょう」と言った定子が明日香に微笑みかけた。「私、また先日の三色丼が食べたいです」

定子の発言に場の空気が和らいだ。定子の女房だけではなく、彰子の女房たちも笑っている。

彰子のつわりを心配するあまりかえって空気を悪くしかかっていた自分と比べて、さすがだと思った。

こういう方が中宮として後宮の頂点に立っているのは、きっと幸せなことなのだ。

明日香自身にとっても――。

明日香は両手をついた。

「おいしい三色丼をご用意いたします」

「よろしくね。――それにしても、お膳がふたつ。これでは女御さまがお元気でも量が多いというもの」

「はい……」

明日香と大命婦が共にうなだれる。

「けれども、捨ててしまうのももったいないでしょうね。何しろ、どちらも丹精込めて作ってくださったものでしょうから」

「とんでもないことでございます」

しばらく考えて定子が小さく手を打った。

「それでは、あまったものはせっかくですからここにいるみんなで少しずついただきましょう」

「え？」

思わず明日香が訊き返す。

定子は華やかに微笑んだまま、

「いろいろ食べてみて、女御さまにはどんなものがよいか、みんなで考えてみましょう？」

と周りに告げた。

そういうわけで、定子の発案により食べきれなかった今日のお膳は全員で適当につまむことになったのである。

最初はおずおずといった感じだったが、それぞれつまむうちに言葉数も増えていく。

「女御さまのお身体には、やっぱり量が多いのかもしれませんね」

「この鶏肉はとてもおいしい」

「さっぱりしているけど塩味ばかりだとつらいから、羹は明日香のものがいいでしょう」

「豆腐ハンバーグは道長さまも薬食いとして重用されています。食べられそうなら、箸をつけなくてもいいから作ってもらったらどうでしょうか」

女房たちがみなが試食の要領で忌憚《きたん》のない意見をくれた。

大命婦も、最初こそ明日香の料理を親の仇《かたき》のようににらんでいたが、実際にいくつか口にすれば、「こういう食べ物もあるのですね」と目を見張っている。

おかげで全員の気持ちがまとまった感じだった。

「よかったですね」と晴明が野菜チップスを小さくかじって笑っている。

「ありがとうございます。ここまでしていただいて」

「いいえ。これは中宮さまが言い出したこと。中宮さまも女御さまに何かして差し上げたかったのでしょう」

ますます定子にはおいしい料理——まずは三色丼——を作ってさしあげねば。

アレ・キュイジーヌ——。

……そんなやりとりを、御座所にいながらじっくりと観察している女房がひとりいるのだった。

「やはり、明日香さましか、もう——」

第一章　おしどり夫婦と鰯の香味パン粉揚げ

後宮の頂点である中宮定子は、登華殿《とうかでん》を与えられている。中宮として、内裏の外の中宮職《しき》の御曹司《みぞうし》という場所を賜ってもいるそうだが、どういうわけかそちらよりも後宮の登華殿で寝起きしていた。

登華殿は弘徽殿《こきでん》北側に位置する。七間四面の建物だった。

そのまま南を見れば、帝の住まう清涼殿《せいりょうでん》までまっすぐ視界に入る。

登華殿は北辺の殿舎だから人通りそのものはそれほど多くないが、場所柄、賑《にぎ》やかな人の行き来がよく聞こえた。

「今日もみなさん、おかわりなく」

と定子があでやかな唐衣に負けないほどの華麗な笑みを浮かべて明日香に尋ねた。

晴明から道長に紹介され、その縁で道長の娘である女御彰子の料理人をしている明日香が、定子の御座所にいるのは珍しい。定子付きの女房たちはどこかぎこちない空気があったし、定子付き女房でもっとも有名と言っていい清少納言《せいしょうなごん》などは明日香を無表情に睥睨《へいげい》している。明日香の料理人としてのミッションは平たく言えば「おいしい料理で帝の心を彰子に向けさせること」なのだから、帝の寵《ちょう》を主の定子から奪いに来ている存在と思われてもしかたがなかった。

なぜ明日香がここにいるのかと言えば、きちんとした理由があってのことだった。

とはいえ、定子自身はそのような女房たちの思惑には関係がないと言わんばかりの態度で、自分の女房に接するかのように平等に明日香にも接してくれている。それはそれでまた、定子付き女房たちの嫉妬《しっと》を買いかねないのだが……。

こういう人間関係、明日香は苦手だった。

だから、原則的には気にしないことにしている。

「はい。女御さまも、今日はつわりがそれほどひどくないようで」

明日香が答える横で、中務が膳を差し出す。

「こちらは……？」

膳の中には丼があり、茶色と黄色と緑の三色に分かれている。二十一世紀で言うところの三色丼である。

先日、定子が彰子のつわりにまつわるみんなの行き違いを、するりと解きほぐしてくれたときにさりげなく定子が要求したもの。その要求に応えるために、明日香は今日、定子の御座所にやってきたのだった。

三色丼はおいしそうに仕上がっている。

ただし、ここは平安時代。手に入らないものもあった。

三色丼に当然つきものの緑の野菜は、この時代、意外にも手に入りにくい。普通ならインゲンを使うところだろうが、まだ日本にないのだ。

そのため、この三色丼の緑色の部分は大根葉を刻んで軽く塩もみしたものだ。

茶色は鶏肉を細かく刻んで挽肉状にしたものを炒《い》りつけた。黄色は錦糸卵である。

この三色丼は以前も出したことがあり、定子にも好評だった。

けれども、同じものを繰り返すだけでは芸がない。

茶色の、鶏挽肉もどきの所に、小ぶりの肉を照り焼きにして添えてある。

「先だっての三色丼に、少しの肉を足しました」

「まあ。よい匂い……」

醤《ひしお》を使って編み出した醤油《しょうゆ》もどきをうまく使った肉の味付けの匂いに、定子がうっとりする。

先ほど、照り焼きといったものの、平安時代には砂糖がないため、甘めの酒の旨味をうまく加えた、醤油もどきの付け焼きというべきかもしれない。

この「砂糖がない」ということは、二十一世紀の基準で考えると洋食やデザートはもとより、和食においても致命的なことだった。未来の日本の食卓はそこいら中で砂糖の恩恵を受けている。たとえば、肉じゃが。あの甘じょっぱい煮汁には当然のように砂糖が使われていた。ことに、明日香が作る肉じゃがは醤油と砂糖だけで調理するので、こちらの世界では再現不能だった。

とはいえ、二十一世紀の洋食を知らない定子たちにおいしいと思ってもらえるくらいには工夫を凝《こ》らし、近いものを作っている。

「おいしいですよ」

と明日香が勧めれば、定子は手慣れたもので匙《さじ》を取って三色丼を混ぜ始めた。混ぜれば混ぜるほどおいしくなる三色丼の特性を、定子はすっかり理解しているようだった。

よく混ざった茶色と黄色と緑の具が、白いごはんとともに匙にすくわれて、花びらのように愛らしい定子の唇に運ばれる。

三色丼を口にした定子が、無言で目尻を下げ、微笑む。

しっかり味わい、咀嚼《そしゃく》し、飲み込んで、「おいしいです」

畏れ入ります、明日香が礼を言う。洋食シェフとして、目の前で作った料理を食されるのは緊張するが、こんなふうにお礼を言ってもらえるのはとても励みになった。

やがて、幾人かの女房もご相伴にあずかる。

定子が穏やかに微笑みながら、食事を進めていくのを見ていると、明日香には定子が後宮にとどまって中宮職の御曹司へ行かない理由が何となくわかる気がした。

美男子の藤原道隆を父とし、本格女流漢詩人の高階貴子を母とし、兄の伊周も美男子。定子自身も見目麗しく、輝くばかりの美貌を誇っている。

彼女の女房としては清少納言が有名だが、実際目にしてみると敬愛というより心酔に近いほどの心情で仕えていた。ただし、これが本当に明日香が歴史の授業で習った〝清少納言〟そのものだったかは、不明である。なぜなら、明日香が二十一世紀で習った歴史では清少納言と同時期に後宮にいなかったと思われている紫式部《むらさきしきぶ》が、道長の娘・女御彰子の女房として存在しているからだった。

どうも細々したところで、明日香の知っている歴史と食い違いがある。

おかげで、物事をあまり心配しないでいいというか、「これをやったら歴史が改変されてしまうのではないか」というか、そのあたりを気にしても始まらないように思っている。

閑話休題。

定子が内裏の外の中宮職の御曹司ではなく、後宮の殿舎にとどまっている理由である。

定子は先ほども言ったように、きらびやかな美姫だった。両親の薫陶により、古今の詩歌の教養にも優れ、それを発揮したいという気持ちも持っている。

ゆえに定子には「今めかしい」――きらびやかで当世的であるという意味と同時に、伝統を重んじない軽はずみさをとがめる意味を持つ言葉が、その人物評としてついて回っている。

けれども、本当に定子は「今めかしい」のか、明日香は疑問を抱いていた。

その疑問の原点が、まさに明日香の専門分野である食についての好みだった。

結論から言ってしまえば、今めかしいとされる定子のほうが料理の好みは保守的であり、一見すると純和風な彰子のほうが味の好みは今めかしかったのだ。

「羹も、しっかり出汁を取って三色丼に合うように作りました」

「まあ。それはすてき」

と定子が羹――汁物に手を伸ばす。昆布と干椎茸《ほししいたけ》で取った出汁に、質のよい塩で味を調えた。いい蛤《はまぐり》が手に入ったので、それをひとつ入れて、三つ葉を散らした。

かすかに白い濁りを見せる羹をそっと定子がすすっている。

「私、これ好きです」

定子が再び笑顔を見せた。

「畏れ入ります。ありがとうございます」

と、明日香はうれしくなった。

純然たる洋食ではないのだが、それはそれ、これはこれである。

二十一世紀の日本とは、食材も食文化も違う平安時代で明日香が作るものはどれもこれも物珍しいに違いない。この時代の人たちからしたら、令和の明日香が平野レミ先生の料理に度肝を抜かれる以上のもののはずである。

食の好みというのは意外にその人の人間性に近いところを表現している、と明日香は思っていた。

ゆえに、定子の舌が保守的なのは定子の心根が案外保守的なのを表しているように思っている。

だから、内裏の外の中宮職の御曹司に住まうのではなく、みんなの賑やかさが肌身に感じられる後宮の、ちょっと引いた登華殿にずっといるのではないかと思っていた。勝手な明日香の想像である。けれども、やさしい和の味に目を細めている美姫の姿には、どこかしらそんな人懐っこくて、ちょっとさみしがりやで、ほんとうは甘えん坊な素顔が感じられて――明日香には好ましいのだった。

「女御さまがうらやましい。こんなおいしいものを毎日用意してもらえるなんて」

と定子が本音とも冗談ともつかない言葉を口にした。

「もったいないお言葉です」

三色丼にしろ蛤の羹にしても、味付けは明日香の感覚からすれば洋食ではなく、和食である。やはり定子には和のテイストがおいしく感じられるらしい。

「女御さまはお加減はいかがですか」

「今日もつわりで少しおつらそうになさっています」

「周りのものが無理に食べさせようとしたり、そのほか困ったことを言うようだったりしたら、私に教えてください」

「はい」

「中宮は主上の后ではありますが、同時に後宮の主でもあります。この後宮で誰かが困っていたら、私が必ず何とかしますので」

このような台詞《せりふ》をさらっと言ってのけ、それが芝居がかってもいなければ、嘘くさくもないというのが、すごいことだと明日香は感銘を受ける。

彰子もそうだが、こういうのが本物の貴族の姫であり、帝の后なのだなと思う。

自分より年下なのに、この責任感、この心の強さ、この誠実さはどうだろう。二十一世紀の一般庶民が、多少、包丁に覚えがあるからと言ってこんな所にいていいのだろうかと悩んでしまう……。

明日香がただただ平伏すると、横合いからやや険のある声がした。

「中宮さまも、女御さまがいないぶん、さまざまな宮中行事へ臨席されてお疲れが出ては……」

声をかけたのは清少納言だった。多少くせ毛の彼女はすぐわかる。明日香とはいろいろあったし。いまでも、定子が明日香の料理を手放しで褒めると、あまりよい顔はしないみたい。

要するに嫉妬なのだ。

気持ちはわかる。これだけかわいらしい利発な姫さまが、どこの馬の骨ともわからぬ、未来人などと称する摩訶《まか》不思議な女に笑顔を向けるのを快く思えというのが間違いなのだ。

ただし、明日香の側には策略めいたものや、定子や彰子の覚えをめでたくしようなどという気持ちがあるわけではなく、ただただおいしい料理を作らせてもらえればそれでいいのだ。

その辺の雰囲気は清少納言にもわかっているだろうが、気持ちが追いつかないところもあるのだろう。

「ふふ。気にしなくても大丈夫ですよ、清少納言。私は意外としたたかなのです」

と定子がころころと笑った。

味付けの問題があるから、定子の食事を常に明日香が作るわけではないが、やはりこの方も守って差し上げたい気持ちを自然に起こさせる。良きにつけ悪しきにつけ、定子とその周辺にも目は光らせておこうと思った。

それに、何だかんだ言って食べ物で元気になってもらえるのなら、明日香はいくらでも努力を惜しまないつもりだ。

季節はもうすぐ秋。おいしいものがたくさん手に入るはずだ。

定子は、彰子の様子についてさらにいくつか質問をしながら、三色丼を完食した。

明日香が中務とともに定子の膳を下げて御厨子所へ戻ると、彰子のところの膳も戻ってきていた。

御厨子所は、ごくシンプルに言えば後宮の調理場である。後宮十二司のうち膳司の管轄であるが、地方からやってきた采女たちも大勢働いている。

明日香は彰子の膳を覗いて、小さく頷いた。

おかずのいくつかと羹は明日香が作ったが、今日の主食としてのごはん――つまり強飯は大命婦に任せてある。折衷《せっちゅう》案だった。

「あー、おかずは箸がついていますが、ごはんはほとんどダメですね」

と中務が確認する。

「おかずも、あっさりした若布の酢の物は大丈夫だったみたいね」

「雉の照り焼きがほとんど食べられていませんね。おいしいのに」

と中務が残念そうな顔をした。

「羹は……うん。召し上がってる。水分と塩分を取っていれば、いまはまあいいでしょう」

彰子の羹には身の厚い若布も入れてあったが、それも食べてくれている。海藻には妊婦に不足しがちな栄養が入っているから、酢の物とは別に用意してあったのだ。

明日香は彰子の食べられた物の量を、メモっている。

二十一世紀の日本から彼女と一緒にやってきた荷物の中の、スケジュール帳の罫線だけの部分に、同じく彼女とともにやってきたボールペンで書いていた。中務を通じて、「あれは陰陽師・安倍晴明の呪《しゅ》が込められていて、明日香以外の者が手にしたら呪われる」と弘めてある。大嘘だ。けれども、不用意に未来のものに触れられるよりは、嘘つきの汚名をかぶったほうがいいと思っていた。

限られた資源。大切に……。

平安時代にも紙はあるが、そもそも貴重だし、和紙である。そもそもボールペンとの相性はあまりよくない。

筆になれていない明日香にとっては、紙よりもボールペンのほうが貴重だった。

ボールペンが壊れたらさすがに直せない。

大切に大切にしなければいけない。

そんな大切な紙とボールペンだが、彰子のお産を無事に済ませるためなら惜しくないと思っていた。

明日香が熱心に細かな字でメモを取っている横で、中務は別のことに驚いている。

「あ、赤染衛門《あかぞめえもん》さま。今日のお膳を下げてきてくださったのですか」

赤染衛門と呼ばれた女房が小さく微笑み、会釈《えしゃく》した。

「本日も、ありがとうございました」

「いいえ。こちらこそ」

「明日香さまの羹を女御さまはほんとうにおいしそうにお召し上がりになって……」

「畏れ入ります」

上品な方だな、と明日香は思った。

女御彰子の女房は多い。

明日香は全員を把握しているわけではなかった。彰子の女房として〝有名〟なのは、歴史的には紫式部なのだがこちらで会った紫式部はどちらかというと、引きこもりで、御座所の隅でおいしいものをもそもそと食べている印象である。もっとも、彼女の本領は言うまでもなく『源氏物語《げんじものがたり》』の執筆なのだから、引きこもっているときこそ本当の顔をしているのだろう。

とはいうものの、この紫式部がほんとうに明日香の知っている歴史上の紫式部と同一人物というか同一個性かなのかはわからないでいた。

何しろ、先ほども触れたように、この後宮には清少納言と紫式部が共に存在しているのだ。

改めて言うまでもないが、清少納言は『枕草子《まくらのそうし》』の執筆者であり、紫式部は『源氏物語』の作者である。

これも改めて言うまでもないのだが、『枕草子』と『源氏物語』は日本史上、いや世界史レベルで見ても、この時代における最高峰の文学作品だった。

そのうえ、それが女性――それも女房という貴人に仕える立場の女性がしたためたというのは、近代の男女平等思想なんて蹴《け》っ飛ばしてしまえるほどのインパクトだと明日香は思っている。

けれども、ものの本によれば清少納言と紫式部は後宮で顔を合わせることはなかったはず。ふたりが出仕していた時期がずれているからだった。

それなのに、明日香がいまいるこの〝平安の都〟では、清少納言と紫式部が同時に後宮に存在しているのである。

結論を言ってしまえば、歴史が何か違っているのだ。

それが何を意味するかは、明日香にはよくわからない。

悩む暇があれば、明日香は包丁を握り、鍋を振るだろう。

「そうは言っても、あの〝紫式部〟と知り合いというのは、なかなかしびれるよね」

「はい？　明日香さま、何かおっしゃいましたか？　こちらにいらっしゃるのは赤染衛門さまですよ？」と中務。

どうやら心の中で思っていたことが口をついて出てしまったらしい。

「ううん。何でもない」

紫式部以外で明日香が知り合いと言えそうなのは、立場上、親しくしてくれている大納言と小少将の姉妹。ふたりとも穏やかで聡明《そうめい》そうな、すてきな女性だった。

そのなかで、いま目の前にいる赤染衛門と呼ばれた女房との接点は、あまりなかった。

明日香は改めて赤染衛門を観察する。

赤染衛門は上品な雰囲気だけではなく、紫式部のように目元がすっきりしていて頭の良さそうな雰囲気だった。紫式部と比べてどちらがより聡明に見えるかと問われれば、明日香はひょっとしたら赤染衛門を推すかもしれない。隙《すき》なく整った面立ちは、定子のような派手さでも、彰子のような日本人形のような優美さでもないけど、深く物事を見つめようとするタイプに見えた。

実を言うと、明日香は赤染衛門が〝歴史的に〟どのような位置づけの人物か、知らない。たしか百人一首に歌があったように思うから、それなりに重要人物なのだと思うが、そうでもないかもしれない。下手に影響を与えてはいけないと、若干距離を取った会話を選ぼうとしていた。

「そのほか、何か女御さまはおっしゃっていませんでしたか。食べたい物とか、食べたくない物とか」

と明日香が質問すると赤染衛門は眉間《みけん》に少しだけしわを寄せた。

「特に何もおっしゃってはいませんでした」

「そうですか……」

女御たる自分がわがままを言えばそれで他の者たちに迷惑がかかると、まだ思っているのかもしれない。

明日香にしてみれば水くさいと思えるのだが、彰子も定子に負けず劣らず、帝の后として人の上に立つ者として自分を律しているのだろう。

さて。今日もだいぶ残ってしまった。

残った強飯は口のついてないところを適当におじやなり、チャーハンもどきなりにアレンジして、膳司で働いている采女たちに分けてあげよう。まかないである。

いくら大盛りにしてあるからといっても彰子の食べ残したぶんだけで全員分はまかなえないから、ちゃんとまかない用のごはんは準備してある。

采女たちにとっても明日香は異質な立場なのだから、このくらいは気を遣わなければいけない……という程度には明日香も学んでいる。

「チャーハンがいい人ー、おじやがいい人ー」と、中務が人数を数えている。

その横で、赤染衛門が少し目を丸くしている。

「あ。まかない――こんなふうに勝手に料理を作っているのは内緒でお願いします」

「は、はい。わかりました」

「ひょっとして赤染衛門さまもほしかったですか。まかない」

「いつもおいしいのですよ?」と中務が笑顔で勧める。

ちなみに今日は出汁を多めに取ったのでおじやがおすすめです。

「いえ。今日は夜、邸に戻りますので」

「そうでしたか」

後宮の女房女官たちは内裏に住み込みで働いている者たちと、通いで働いている者たちがいる。赤染衛門は後者らしい。

明日香が土間に降りて火を使おうとしたときだった。

「あの、明日香さまはこのあと、まだお忙しいのですか」

「私ですか」

思わず声が裏返った。そんなことを膳司の人たち以外から聞かれたのは初めてだった。

「明日香さまは内裏に住み込みではないと伺ったのですが……」

「基本的には毎日帰らせてもらっています」

帰る先は晴明の邸である。

明日香が未来社会から持ってきてしまった荷物の類《たぐい》はどこに置いておいても不安なのだが、少なくとも陰陽師である晴明なら未来の物品の〝危うさ〟は理解してくれるようなので、相変わらずベースキャンプのように寝泊まりをしていた。

「道長さまのお食事もお作りになるとか。毎日お帰りになるのはそのためですか？」

「ときどきいまでも作りに行きますが、だいたい道長さまのお邸の方々に覚えていただきましたので、毎日作りによったりはしません」

道長の水飲病――糖尿病のための食事メニューはだいたい十日分程度をまとめて考えて、邸の人にお願いしていた。

レシピ通りに作っても同じ味にならないこともあるし、たまには新しい料理を作ったりするしで、まったく行かないわけではない。

すると、赤染衛門が真剣な表情で明日香に一歩近づいた。

「それでは、このあと少しお話しできますでしょうか」

「え？　私、ですか」再び声が裏返った。「あのぉ。私、何かしでかしましたか」

平野レミ先生ほど破天荒な料理人ではないつもりだが、知らぬ間に平安時代の風習を破っていたかもしれない。

「いえ。そうではありません。少し、ご意見を伺いたく……」

と言うと、赤染衛門が軽くうつむいた。

「はあ。私でよければ……ただ、まかないを作って、料理のあとかたづけもしないといけないので、少しお待ちいただくかと思いますが」

「大丈夫です」

赤染衛門が丁寧《ていねい》に礼をする。

では、とまかないに取りかかろうとした明日香は、ふとひらめいて赤染衛門にこう言った。「せっかくですから、安倍晴明さまの邸でお話ししましょう」と。

赤染衛門はびっくりしたような表情になったあと、はいと頷いた。


赤染衛門。平安時代中期の女流歌人。中古三十六歌仙・女房三十六歌仙のひとり。大隅守《おおすみのかみ》・赤染時用《ときもち》の娘であり、そこから赤染衛門という名前が来ている。

結婚していて夫の名前は大江匡衡《おおえのまさひら》。文章博士《もんじょうはかせ》という官職についているとのこと。

ふたりは夫婦仲がよく、いわゆるおしどり夫婦としても有名。

そのため匡衡衛門とあだ名されることもあるとか……。

帰りの牛車《ぎっしゃ》で中務から聞いた話と、邸に戻って二十一世紀から持ち込んだ京都観光ガイドをひっくり返して得た付け焼き刃の知識である。

明日香が赤染衛門を晴明の邸へ誘ったのは、赤染衛門について中務の知識や未来の評価を確認しておきたかったからだった。

「赤染衛門さまは源 雅信《みなもとのまさのぶ》さまのお邸に出仕し、その縁で道長さまの北の方である源倫子《りんし》さまとその娘である女御さまにお仕えしているのです」

と中務が付け加えてくれた。

「道長さまに直接仕えているわけではないんだ」

「そうなりますね。まあ、後宮で女御さまにつくには道長さまの意向も当然あったでしょうから、無縁というわけではないと思いますけど」

中務によれば、穏やかでありながら雅《みやび》な、よい歌を詠むそうだ。

ちなみに百人一首の歌はこうだ。

やすらはで　寝なましものを　さ夜ふけて
かたぶくまでの　月を見しかな

――躊躇《ちゅうちょ》しないで寝てしまえばよかった。あなたを待ってたのに、夜が更けて西に傾く月を見るなんて。

意外に情熱的な歌を読むのだなと思ったら、姉妹のところに通っていた若き日の藤原道隆――中宮定子の父――が約束をすっぽかしたことへの代作だったとか。

高貴な藤原家の美男子にちくりと刺す歌を代作できるのだから、頭の切れる女性だったのだろう。

その赤染衛門はいま、晴明の邸の間で緊張の面持ちをしていた。

「私、よそさまの邸にお邪魔するのは久しぶりで」

と、聞かれもしないのに赤染衛門が白状している。

中務が白湯《さゆ》を用意した。

「まあ、くつろいでください」

と、デニム姿に着替えた明日香が言うが、かえって赤染衛門は姿勢を正していた。

「いつも思っていたのですが、明日香さまのその衣裳、腰回りや足は苦しくないのですか」

「え？　ああ。最初は少しきついですけど、ずっとはいてると身体になじんでくるんです」

赤染衛門がまじまじとデニムを見つめている。

「そういう衣裳もあるものなのですね……」

物静かに見えるが、好奇心は強いほうらしい。

簀子から晴明の苦笑がした。

「ふふ。くつろいでください、と言ってしまえるのがすごいな。自分の邸でもないのに」

赤染衛門が慌てて衵扇で顔を隠す。

「晴明さん。いまは女子会です」

「何だね。それは」

「大奥……じゃなくて、ちょっとした男子禁制、後宮状態です」

「ははは。わかっている。だから簀子から声をかけている」

だが、赤染衛門は恐縮していた。

「安倍晴明さま、不躾《ぶしつけ》にもお邸にまで上がり込みまして、まことに申し訳ございません」

「ふふふ。別にかまいませんよ」

と晴明が言うと、明日香が我が意を得たりとばかりに、

「ね？　くつろいでください」

「はあ……」

「晴明さんがいると衵扇を使わなければいけないのでくつろげませんよね」

「いえ、そういうわけでは……」

明日香としてはさっさと〝女子会〟にしてしまいたかったのだが、晴明が念のためと言わんばかりに口を挟んだ。

「もし悩み事で陰陽師の力が必要になることがあれば、遠慮せずに言ってください」

「あ……」

「少なくとも、明日香と一緒に来たとは言っても、安倍晴明の邸に立ち入ったことをとがめる者がいれば、陰陽師に相談事があったと言えばよろしい」

「恐れ入ります」と赤染衛門が頭を下げた。

なるほどと明日香は、晴明の気遣いに感心した。

人妻が他の男の家に上がり込んでいる状態になるのだな。たしかにこれはよろしくない。おしどり夫婦にはあってはならないことである。

「では、私はこれで。どうぞごゆっくり」

と晴明が母屋に戻ろうとしたときだった。

「あのぉ。よろしければ安倍晴明さまにもご同席いただいてもよろしいでしょうか」

赤染衛門が申し訳なさそうに尋ねた。

「別に私はかまわない。ただ、明日香ではないが、その間は女人が多い。私は几帳を立ててここで聞いていよう」

「よろしいのですか」と中務が心配する。

「何。秋の夜空を眺めているのも一興。――涼花。ここに几帳を持ってきてくれ」

晴明が名を呼ぶと、美貌の式の返事が聞こえた。

簀子に几帳を用意し、さらに晴明の手元には酒が用意されている。

涼しくなってきた夕方。

つくつくぼうしと鈴虫の音が交差していた。

余談ながら、この平安時代には「つくつくぼうし」は〝くつくつぼうし〟と呼ばれているそうだ。〝く〟が先か、〝つ〟が先か、明日香には蟬《せみ》の鳴き始めの音がよくわからないけれど。

「実は、明日香さまにご相談したいことがありまして」

だいぶ遠回りさせてしまったが、やっと赤染衛門が本題に入る。

「私でできることでしたら、何なりと」料理関係なら任せてください。

赤染衛門が薄く微笑んだ。

涼花が几帳を置いたので袙扇は外している。

「ご相談したいのは私の夫のことなのです」

「夫……文章博士の大江匡衡さまですね」

明日香がびっくりしたように訊き返した。ついさっき聞いたばかりだから口をついて出てしまったのだが、赤染衛門のほうでも驚いている。

「さすが明日香さま。私の夫のことをご存じでしたか」

「えっと、お名前くらいですが……」

思わず中務と目が合ってしまう。中務はしれっとした顔をしている。まだ年若いのに、結構肝の据わった子だと思う。

「夫・大江匡衡は文章博士――大学寮紀伝道の教官をしていまして、文章生たちに漢文学や大陸の歴史などを教授しています」

二十一世紀で言えば文字通り大学の教授あたりの位置づけだろうか。

「ご立派なお仕事ですね」

と明日香が言うと、赤染衛門がかすかに微笑み、すぐに表情を曇らせた。

「ありがとうございます。――ただ、実は最近、邸に戻るのが遅くなったり、ときどき帰ってこなかったりするのです」

「なるほど……」

夫の帰りが遅い。

夫が夜、帰ってこない。

昔も今もそういう悩みはつきないようだ。

中務が小さく手をあげた。

「文章博士ともなれば、大学寮でのお勤めのほかに、帝や公卿の侍読を務めたり、それらの方々の漢文の代筆を頼まれたりもすると聞いたことがあります。それらでお忙しいのではないのでしょうか」

赤染衛門がため息をついた。

「私も女の身ですが漢文や歌に興味があり、いろいろ学びましたので、普段から夫とそのような話もたくさんしていたつもりです。ですから、もし文章博士の務めで遅くなるようなことがあるのなら、夫のほうもとっくに話をしてくれていると思うのです」

「なるほど――」明日香、その繰り返しである。「帰りが遅くなること以外に、何かあやし……引っかかる点はあるのですか」

明日香が思いきって聞いてみると、赤染衛門がまた大きくため息をついた。

「それがよくわからないのです」目尻《めじり》に透明なものがたまっている。「何でも夫婦で隠すことなく話してきたつもりなのに、最近の帰りの遅さに水を向けてもまともな返事が返ってこないありさまで……」

「おつらいですね」

赤染衛門が小さく洟《はな》を啜《すす》る。

「私が言うのもおかしいですが、夫は漢籍にまみれることが何よりも大好きな線の細い、出世ともそれほど縁のない人物で。どこか他に通う先を作るような甲斐性《かいしょう》があるとも思えず……」

妻の指摘は意外に手厳しい。

「うーん」と明日香が思わず腕を組んでしまった。「とはいえ、線が細いと言ってもそういう頭のよい人が好きになる女性もいるし。現に赤染衛門さまはそういうところも、お好きなんですよね？」

明日香がどストレートに尋ねると、赤染衛門が真っ赤になった。

「ええ。まあ……」

明日香も高校時代を振り返る。背が高いけどどちらかと言えば痩《や》せぎすの数学の先生、結婚しているのに意外とファンになった女子が多かった。明日香や、親友にして悪友のしずかにしてみれば、数学教師はまったく興味の対象外だったけど。

「まだ若い明日香には多少荷が勝ちすぎるかもしれませんね」

　と晴明が口を挟んできた。

　反論したい気持ちもあるが、夫婦の機微は難しい。

　先ほど触れた腐れ縁のしずかがひっそり遠距離恋愛していたのも気づかなかったのだから、恋愛偏差値は低い……。

「赤染衛門さまは、いつもご夫婦の仲が睦《むつ》まじいという話は伝え聞いています」

　と明日香は晴明のいる几帳のほうに視線を向けてそう言った。言外に「未来の世界でも夫婦仲の良さは伝わっている」という意味を込めている。晴明のことだ。たぶん感じ取ってくれているだろう。

「まあ、夫婦というものはその数だけいろいろなあり方と悩みがあるものだよ」

「そういうものなのですね……」

　やはり明日香にはまだ難しそうだった。

　晴明が続ける。

「赤染衛門どのは、どのようにしたい、あるいはどのようになりたいとお望みですか」

「どのように……」と赤染衛門が繰り返した。

「私たちが勝手に赤染衛門どのの夫婦の問題をいじくり回すわけにはいきません。赤染衛門どのがこうなりたいという希望があってこそ、私たちも力を貸せるというもの」

明日香も中務も頷く。陰陽師というと何でもかんでも祈祷や呪で解決してしまうようなイメージがあったが、晴明のやり方は想像よりも堅実なものが多かった。

しばらく考えたあと、赤染衛門が明日香に向けて平伏した。

「明日香さま。お願いですっ」

「は、はい！」

「明日香さまのお力をお貸しください。夫と一緒に明日香さまのおいしいごはんを食べて、屈託なく話をしたいのです」

明日香は慌てて赤染衛門ににじり寄った。

「顔を上げてください」

「明日香さまには大変お忙しい中、ご迷惑だと思っているのですが……」

「迷惑だなんてことはないです」自分に相談と言っていたので何となくそんな気はしていた。その通りに赤染衛門が話をしてきたなら、明日香としてもおすすめのやり方をアドバイスしなければいけないと思う。「けれども、もっといい方法がありますよ」

「もっといい方法、ですか」

赤染衛門が食い入るように明日香の言葉を待った。

明日香は頷き、こう告げた。

「おいしい料理で夫の胃袋を摑むのです」


明日香は五日働いて二日、休みをもらっている。

やはり、二十一世紀にいたときと同じペースで七日刻みで生活するほうが身体がなれているからでもあり、二十一世紀から来たのだという感覚を忘れない気持ちの問題でもあった。

この時代の人間としては怠け者の部類に入るかもしれないが、お貴族さまたちは午前中で仕事を終えているのだから、トータルでは明日香のほうが働いていると思う。

そういうわけで、次の休みの日に明日香は牛車に揺られていた。

ある事情から、休みを今日にしたのだ。

「はあ〰〰〰〰」

明日香の呻き声がときどき牛車に満ちる。

今日の明日香は十二単《じゅうにひとえ》を纏っていた。これから、赤染衛門の邸へ向かうためである。

「明日香さま。がんばってくださいっ」

と中務が励ました。

「相変わらず、重たい……」

総重量は数十キロ。ぼちぼち十二単になれましょうよ」

「明日香さま。ちょっとした武装だ。

「中務、よくこんな着て涼しい顔してられるね」

コック服かデニム姿が多い明日香は十二単をあまり着る機会がなく、なれる暇がない。たまに着ればこの通りである。

けれども、今日はまずこの格好でなければいけない。

それどころか、今日これからやろうとしていることを考えれば、この重さもひとしお食い込むようだった。

明日香の料理ひとつで、見知らぬ赤染衛門の夫の胃袋を摑まなければならないのだ。

失敗は許されない。

それはそれとして。

相変わらず十二単の重さに呻吟《しんぎん》している明日香に、中務が生温かい目を向けてきていた。

「なれですよ、なれ」

「これが若さというものか……」

牛車がごとごとと赤染衛門の邸――もちろん正確には夫である大江匡衡の邸に入っていく。

邸では赤染衛門が直々に出迎えてくれた。

「わざわざご足労いただき、ありがとうございます」

赤染衛門にも休みを取ってもらっている。

「こちらこそ、せっかくお邸でゆっくりされているところ、申し訳ございません」

「いいえ。とんでもないことでございます」

それで、と言って明日香が声を潜めた。「大江匡衡さまは……？」

「はい。おります」と赤染衛門が小さく答えた。

匡衡は自分の部屋で漢籍を広げて読みふけっているという。

明日香と赤染衛門の休みを合わせた理由は、これであった。

明日香の知識としては、何はなくとも男の胃袋をおいしいもので摑んでしまえば、浮気の虫も収まり、めでたしめでたしになると思うのである。「どこで仕入れた知識だね?」と晴明に聞かれたが、二十一世紀の雑学ですとしか答えようがなかった。実際に明日香自身がそのようにして男性の心を摑んでいた経験は残念ながらない。あれ? それでは、これダメじゃないの……?

簀子をしずしずと歩き、遠くから匡衡の姿を眺める。

予想通りというか、やはり二十一世紀であれば数学教師か古文の先生かという雰囲気の、痩せた男だった。漢籍を読み込む目が鋭い。

肌は白い。色白と言うより日に当たっていない青白さがある。

道長のような政《まつりごと》の中心にいる人物特有の臭い――たとえればどこからともなくポマードが臭ってきそうな――は感じさせない。

若干、着ているものが古びている感じを受けたが、淡々と知的生活を積み重ねている雰囲気が漂っている。

「頭の良さそうな方ですね」

と明日香が言うと、少し先を行く赤染衛門がはにかむようにした。

「ええ……。私などとても足下にも及びません」

その表情がまるで少女だ。

まさにおしどり夫婦というか、赤染衛門がべた惚《ぼ》れなのはよくわかった。

もう一度、匡衡の姿を眺める。

こちらにはまるで興味関心がないようで、漢籍を読んでいる目を上げようともしない。

どう考えても女の影は似合わない。

浮気とかしそうには見えないんだよなあ。

聞けば大学寮は基本的に男子だけだとか。

一瞬、同性の恋人を考えもしたが、その可能性もないように思う。

邸の御厨子所につくと、赤染衛門が女房たちを下がらせた。

人気《ひとけ》がなくなると、明日香は例によって例のごとく、十二単を丸脱ぎにした。

「あー、重かった」

赤染衛門が驚き、中務がやれやれという表情を作る。

「明日香さま。ここは他人様のお邸ですのでもう少し配慮というか恥じらいというか、そういうものがあってしかるべきかと」

「ごめん、ごめん。でも重たいんだもん」

その間に明日香はさっさと布に包んで持ってきたコック服を羽織った。

「何だか、いろいろと申し訳ございません」

と赤染衛門が頭を下げる。

「いえいえ。ご主人さまのお姿を見たいと言ったのは私ですし。となれば十二単を着ないとさすがに目立ちますから」

「そうですね……」と赤染衛門が言葉を濁した。

明日香のコック服は真っ白で白いコック帽付きだから、全体として白い狩衣のちょっと変わったものと言い張れなくもないが、文章博士の知的好奇心を刺激してあれこれ質問されてはかなわない。

「さて。赤染衛門さま。お願いしていた事柄ですが」

「夫の好きな食べ物、ですよね」すると赤染衛門が右手を頰に当てた。「これと言って思い浮かばなかったのです」

「え?」

明日香と中務が固まった。

「強飯をたくさん食べるので、お米が好きかなとも思ったのですが、よく考えれば強飯が多いのはどの膳でも一緒だと思いますし。干魚や若布なども特別好きでもなく、嫌いでもなく……」

あー。いるよね。そういうタイプの旦那さん。

「出されたものは食べる、という感じですか」

ありがたいと言えばありがたいし、張り合いがないと言えば張り合いがない。

「ええ。場合によっては漢籍を読みながら食事をすることがあって、それはやめてくれと言っているのですが……」

「あのぉ。ちなみになのですが、匡衡さまの趣味というか、そういうのは……？」

赤染衛門が悩む。

「気がつくと漢籍を読んでいるか、漢詩を書いています」

ほんとうに好きなんだな。

「……他に、たとえば、碁《ご》がお好きとか、双六《すごろく》をやるとか、管弦の遊びは興味がある、とか？」

「ないですね」

赤染衛門がきっぱりと言った。

明日香は、中務の耳に小声で訴える。

「こういうの、未来では研究ばかって言うの」

「勉強になります」

「毎日毎日、漢籍と首っ引きで。着るものもいつも適当にその辺にあるのを着ていて」

と赤染衛門。

「あのぉ。赤染衛門さまのほうで衣裳はご用意されたりは……？」

中務の質問に赤染衛門は顔を軽くしかめた。

「面倒くさがって着ないんです。あんまり言うとすねるものだから、ある程度放っておくしかなくて」

明日香は中務をもう一度そばに引き寄せた。

「正真正銘の研究ばかね」

「よくわかりました」

「何か？」と赤染衛門が不思議そうにしている。

明日香は頰をかいた。

「まことに申し上げにくいのですが」

「はい」

「たぶん、匡衡さまはほかに通う先があったりはしないように感じるのですが……」

正直なところ、ぼちぼちその点は認めなければいけないような気がしている。

男の浮気でよくあるパターンのひとつは、急に身ぎれいになることだという。ネットと雑誌の情報で、実地に体験していないのが難しいところだが。

雑誌の情報などが話半分だとしても、少なくとも匡衡の雰囲気で浮気を疑うのは無理があるように思う。

けれども、妻の目から見ればそうは見えないようで。

「ほんとうにそうでしょうか。この広い都に、あの地味な雰囲気を好ましく思う女が、私以外にもいたりするのではないでしょうか」

明日香と中務は互いに顔を見合った。どちらかともなく苦笑いが浮かんでしまいそうになるのをふたりしてごまかす。

中務が小さく手をたたいた。

「さ、さあ、明日香さま。時間ももったいないですし」

「そうね。お料理の特訓を始めましょう」

よろしくお願いします、と赤染衛門が両手をついた。

何はともあれ、やっとのことで料理の特訓が始まったのだった。

「まずは基本となる野菜の皮むきから始めましょう」

始まったのだが……。

「痛っ」

「あっ」

「いっ」

「痛たっ」

料理の特訓が始まってすぐ、瞬《また》く間に、赤染衛門は自分の手を四カ所も切った。

忘れていた。

それなりに身分のある女性は、料理をしたり包丁を握ったりはしないのだ。

そのうえ、見慣れない道具を手にしている。

この時代の包丁は「庖丁刀《ほうちょうとう》」と言われる長い剣のようなものなのだ。

あまりにも使いにくいので、明日香はこちらに来て知り合った職人さんにお願いして二十一世紀の包丁を作ってもらっていた。その包丁を赤染衛門に貸したのだが、なれないものは危険だったようだ。

「大丈夫ですか」

と明日香が声をかけたが、赤染衛門は切った指をなめながらも、「大丈夫です。がんばります」と力強く答えた。

中務が眉を八の字にして、

「赤染衛門さま。明後日は女御さまのまえで歌会をするご予定のはず。あまり手に怪《け》我《が》をされては」

赤染衛門は一瞬考える表情を見せたが、すぐに言い切った。

「大丈夫です。これは自分の不徳の致すところでございますから」

「赤染衛門さま……」明日香のほうが申し訳なくなってきた。

いま赤染衛門は一生懸命に蕪《かぶ》の皮むきをしている。

「何としても、夫においしい料理を食べさせたいのです。そしてもう一度、夫との時間を、その幸せを嚙《か》みしめたいのです」

と高らかに宣言した。

額に汗がにじんでいる。

「ですが……」

「中宮さまにお仕えしている清少納言どのは、『男と一緒に食事なんてみっともない』と『枕草子』に書いたことがあるようですけれども、私はそうは思いません」

「ですが……」と中務は手の傷を案じている。

赤染衛門は真剣そのものの顔で明日香に振り返った。

「おいしいものを好きな人と食べて、何が悪いのでしょうか」

その気迫。その眼差し。その言葉。

何よりも胸に迫る熱い想い――。

手の傷を案じて赤染衛門の包丁を止めようとしていた中務を、明日香が止めた。

「赤染衛門さま。お気持ちはよくわかりました」

「明日香さま……」

赤染衛門の血だらけの指先。明日香はデニムのポケットから、絆創膏《ばんそうこう》を取り出した。

仕事柄、いつも持ち歩いていたぶんだ。

貴重品だし、ひょっとしたら赤染衛門に見せていいものではないかもしれない。

けれども、これだけがんばろうとしている赤染衛門に、何とか応えてやりたい気持ちでいっぱいになっていた。

「献立からもう一度考え直しましょう」

赤染衛門が少し眉をひそめた。

「でも、夫はこれといって好きなものは……」

「だったら」明日香はにっこり笑った。「これからふたりで作ればいいんです」

赤染衛門の両目に涙がたまり、ひとしずく落ちた。

「……はい」

作るべきものは、匡衡の好みにならなければいけないのだが、食に対する好みがこれだけ無頓着ではしかたがない。

「赤染衛門さまがおいしいと思うものを作ります」

と明日香が表明すると、中務が驚きの声を上げた。

「え。いいのですか」

「いいの。夫の匡衡さまは食べ物にほとんど無頓着。だったら、赤染衛門さまがおいしいと思う物を一緒に楽しく食べるようにすればいい」

明日香は晴明の邸から持ってきた材料や調味料を広げる。

「見たことのない物ばかりです」

と赤染衛門が興味深げにのぞき込んでいた。

「見たことはないかもしれないけど、食べたことはあるかもしれませんよ」

「ほんとうですか⁉」

「後宮のお料理には使ったことがある物ばかりですから」

「まあ……」

きれいな水で改めて手を洗い、明日香は赤染衛門に質問した。

「赤染衛門さまは、野菜と肉と魚のどれが好きですか」

「えっと……明日香さまのお料理ということでしたら、どれもおいしくいただいていますが、そうでないとしたら――」

少し赤染衛門が言いにくそうにしている。

「恥ずかしがらなくていいですよ」

もうその態度で、野菜類は脱落したようなものだった。

赤染衛門が意を決したように、「ほんとうは鰯《いわし》が好きです」と答えた。

「鰯……たしか紫式部さまもお好きでしたよね」

「はい。ただ、焼くと臭いがするので、こっそり食べるのが難しくて。道長さまの邸の自分の局に戻ったときに紫式部とふたりで内緒で焼いて食べたりしました」

赤染衛門が恥ずかしげな表情をしている。

「匡衡さまは、鰯は……？」

「嫌いではないと思います。臭いのことで言われたこともありませんし」

「だったら堂々とこちらでも食べればいいのに」

と中務が言うと、赤染衛門がますます顔を赤らめた。

「そんなっ……。夫に臭いなんて言われたら、私――」

この人、かわいらしいかも。

まあ見方を変えれば、これはただののろけなのかもしれないけど……。

「おいしいもん、夫婦仲よく食べたらええですやん」

と私の中の土井善晴先生が、あやしげな関西弁で登場する。

「はあ……」と赤染衛門が頷いていた。

「ちなみに、鰯はどのくらい干した物がお好みですか」

「あまり日が経たない、柔らかいものが好きです」

「その鰯は開いてある？」

「いいえ。丸のまま焼いたり、あと手で開いたり」

「いいじゃないですか！」

思わず明日香は大きな声を発した。

「いいのですか？」

「鰯を主な料理にすれば、刃物を使わなくてもいいのでしょ？」

「あ」と赤染衛門と中務が顔を見合った。

メインは鰯。煮ても焼いてもおいしいが、せっかくだから洋食ふうにしよう。

「それにしても明日香さま。急にやる気になりましたね」

と中務が小声で尋ねる。

「ええ。やる気満々よ」

明日香は持ってきた材料の中からパンを取り出した。

「パンに挟むのですか？」

と中務が尋ねてきた。

「トルコという遥《はる》か西の国では鯖《さば》の塩焼きのサンドイッチがあるそうだけど、鰯サンドはないかな」

「そうですか……」

さあ、楽しいお料理の時間だ。

アレ・キュイジーヌ――。


それからしばらくして、明日香の献立が出来上がった。

メインは鰯の香味パン粉揚げ。パンはぼろぼろと削り、パン粉にしたのだった。

羹は蕪の汁物になった。蕪の皮むきだけは、赤染衛門ががんばると言ったのだ。

さらにごはんはいつも通りの鍋で炊いたふっくら炊きたてごはん。

若布の酢の物などは後宮で最近よく作っているのをそのままに。

さらにデザートとして、ヨーグルトをつけた。

「……明日香さま。お料理ができました」

赤染衛門が呆然《ぼうぜん》とつぶやく。

「うん。上出来だと思います。赤染衛門さま。味見をしてみてください」

明日香に言われて赤染衛門が箸をつける。

「あ。これは――」

と言った赤染衛門が、矢も楯《たて》もたまらずごはんを口にした。

白いごはんも、一口では止まらず、二口、三口と箸が動く。

「どうですか？」

「鰯の香味パン粉揚げは衣がかりっとしていて、中身はふっくら仕上がっていて。鰯のイヤな臭いはしないのに、おいしさが口いっぱいに広がって……」

気づけば味見どころか一匹ぺろりと食べきっていた。

「おいしかったようですね」

「……はい」

赤染衛門が赤面していた。

これならきっと匡衡も満足するはず。

明日香は予備で作っておいた鰯とごはんを盛り付け直すと、赤染衛門と中務にお膳を持たせて送り出した。

明日香が後片付けを終えて一息ついていると、簀子に軽やかな足音がした。

「明日香さまっ」と中務が入ってきた。「匡衡さま。お料理をとてもお喜びで」

「そう。よかった」明日香は満面に笑みを浮かべたが、「でも、料理がおいしかっただけではないでしょ?」

中務が目を丸くした。

「明日香さま、どこかから覗いていましたか? それとも晴明さまのように式神を操れるようになったとか」

「そんなわけはないって。で、何があったの?」

「匡衡さまはお料理に手をつけるまえに、赤染衛門さまの指の怪我に気づかれて。『これは一体どうしたのだ』と真っ青になって心配されていました」

明日香はにやりと笑う。

「それで?」

「赤染衛門さまが料理を作ろうとしたのだと説明すると、匡衡さまは最初真っ赤になって。お怒りかとも思ったのですが、すぐにぽろぽろと涙を流されて。『そのようなもったいないものを自分が食べていいのか』と」

それを聞いた赤染衛門も泣き出し、ふたりで泣きながら食事を取ったという。

泣きながらでも、おいしいものはおいしかったようで、食べ始めるとすぐにふたりは笑顔になり、ぺろりと食べてしまったという。

明日香は満足した。

「私の予想だとやっぱり匡衡さまは浮気なんてしていないのよ。むしろ、赤染衛門さまのことが好きでしょうがないはず」

「そうなのですか」

「だって、もしやましいところがあれば、赤染衛門さまの動向がすごく気になるはず。簀子を渡っているときに、漢籍を読みふけっているなんてできっこないよ」

「なるほど……。明日香さまは博識でいらっしゃるのですね」

「別に実地に経験があるわけでもないけど……」

「え？」

「いいえ？」明日香はしらを切って、続ける。「私がやるべきことは、浮気調査でもなければ、夫の胃袋を摑むための秘策を授けることでもなかったのよ」

「はあ」

「赤染衛門さまが匡衡さまを愛していて、匡衡さまも赤染衛門さまを愛している——その気持ちを形に表して互いに確認し合うための、きっかけを作ること」

だから、赤染衛門の必死の料理が功を奏したのだし、あえてこの時代の人には目立つように絆創膏という見たこともないものを切った指にはってあげたのだ。

そこでふと中務が首をかしげた。

「では匡衡さまのお帰りが遅かったのはなぜなのでしょうか」

「まあ、それも近々わかるでしょう」

そんな話をしていると、さらに簀子を渡ってくる足音がした。赤染衛門だった。

「明日香さま」と呼びかけてきた赤染衛門、すでに目元が潤んでいる。「今日はほんとうにありがとうございました」

「いま中務から話を聞きました。よかったですね」

「はい」

「匡衡さまのお帰りが遅い理由、そのまま普通に聞いてみればいいと思いますよ」

「わかりました」

明日香は荷物をまとめると中務とふたりで、赤染衛門の邸をあとにした。

このとき、コック服姿を匡衡に見られてしまい、かなり衝撃を与えたようではあった。

翌日、後宮に明日香が出仕すると、赤染衛門が彼女を呼び止めた。

「あのぉ。明日香さま。少しだけよろしいでしょうか」

「はい」

「あのあと夫に質問してみたのです」

赤染衛門の夫・大江匡衡の帰りがなぜ遅かったのか——。

実は、大学寮の軒下に野良猫の子を見つけた匡衡が、その仔猫の世話をしていたからだという。

「夫は漢籍を読みふける態度にも出ているように凝り性で……肌寒い日など心配で仔猫たちと夜を明かしていたとか……」

「なるほど。そういうことでしたか」

「ほんとうにお騒がせいたしました」

結局、仔猫は赤染衛門たちの邸に引き取ることにした、と告げる赤染衛門はすこぶる笑顔にあふれ、その肌はこれまでにも増してつやめいていた——。

第二章　八重桜を添えるのはピザかハンバーグか

「さあ、今日もがんばってお料理作ろう。――アレ・キュイジーヌ」

御厨子所で明日香が右拳《こぶし》を突き上げた。

中務が「おー」とそれに続く。

膳司を取り仕切る尚膳《かしわでのかみ》は微妙な苦笑をしているが、一緒に料理を作っている采女たちのなかには、小さく拳を握って答えている者が若干名いた。

いい天気だ。清らかな日差しを浴びながら料理をするのは、いつもより楽しい。

赤染衛門の一件から数日が過ぎた。赤染衛門のところは夫婦仲もますますよろしいらしく、ときどきのろけを聞かされている。

「料理は明るく楽しく元気よく。食べてもらう人に笑顔になってもらえるように作らないとね」

明日香が米を洗い始めた。

そのときである。

ふと、背後に誰かの気配を感じた。

赤染衛門がまたやってきたのだろうか、と明日香が振り返る。

けれども、誰もいない。みな忙しく立ち回っている。

「明日香さま？」

と野菜を洗っていた中務がこちらを見上げた。

「ううん。何でもない」

背後からの気配に振り向くなんて、時代劇の侍でもあるまいし。

明日香は米に向き直った。

最初は米が汚れた水を吸ってしまわないように急がなければいけない。

精米技術が未熟な平安時代ではきちんと洗ってぬかを落とさなければいけなかった。

いわゆる「米をとぐ」というやり方である。

ざっざっざっ——。

これも急がなければいけない。

おいしいごはんになるかは、まずは短時間で米をきれいにすることと、丁寧な吸水時間が大事なのだ。

秋口になってきたのに額に汗がにじむ。

そうして明日香が米を洗い終わったときだった。


またしても背後から何者かの視線を感じたのだ。


明日香は慌てて背後を見る。

またしても誰もいない。

「明日香さま？」と中務が怪訝《けげん》な顔をした。

「いや。さっきから誰かに見られているような気がするのよ」

「誰か……采女のどなたかでしょうか」

うーん、と明日香はコック服姿で腕を組む。

明日香が後宮で働くようになった頃は、他の采女たちの注目があった。それも悪意に満ちた注目で、新参者へのきつい視線だった。

いまでは采女たちともだいたい仲良くやれている、と思っている。

先ほども「野菜の切り方はこれでいいですか」などと質問を受けていたから。

しかし、背後から妙な視線を感じるのも事実だ。

采女たちとうまくやれているというのは、もしかしたら明日香の一方的な希望的楽観だったのだろうか。

「私、いつの間にかまた何かやらかしたかな？」

「そんなことないと思いますけど」中務は冷静である。明日香より五歳くらい若いはずなのだが、頼りになった。「清少納言さまがまた何かしようとしているのでしょうかね」

清少納言は言わずと知れた『枕草子』の作者であり、平安女房文学を支えた人物のひとりである。

紫式部と同様、史実の清少納言に会ったことがないのでわからないが、ここの清少納言はやや過激というか、若干中宮定子への愛情が重いというか、そんなところがあった。

具体的には、明日香が道長に依頼されて女御彰子に料理を作ったり、帝にまで料理をお出ししたりするようになって、清少納言は明日香を敵と見なしたのだ。

たぶん、清少納言としては「このままでは、奇妙な料理によって定子への帝の寵が薄れてしまう」と危機感を抱いたのである。

そのため簀子にひもを張ったり、水をまいたりして明日香を転倒させ、料理を台無しにさせたことがあった。

そのことを中務は言っているのだ。

「清少納言……にしては、邪気がない感じがするのよね」

「何だか兵法家みたいですね。先日の大江匡衡さまの件から、漢籍に興味を持たれて『史記《しき》』などを読み始めたとか？」

「そんなことはないのだけど」

秋の空は青くて高いのに、どこかすっきりしなかった。

料理ができて膳を送り出す。

後片づけをしている間は妙な気配はしなかった。

一体何なのだろう。

そんなことが翌日も続いた。

料理の仕込みが終わった明日香は、少々疲れていた。

「妙な気配は続きますか？」

と中務が首をかしげる。

「何となくなんだけどね」

「ひょっとしてあやしのものの類でしょうか。晴明さまにご相談なさっては」

「そうなるのかなぁ」

ここは平安の都。夜は天の川がすごいほどで、街灯などない暗い道はそれこそ何が潜んでいてもおかしくないと思わせる。

あやしのものとの遭遇はまだないが、そんなふうに目をこらせばそこここに何かが潜んでいそうな気配がしてくる。

平安時代には闇《やみ》が生きている——なんて柄にもなく思ってしまう。

この時代には当たり前だが自動車はない。飛行機もない。風や鳥や虫が音を収めれば、そこには完全な無音があった。

二十一世紀の日本には決してないものだ。

よく、耳がいたくなるほどの沈黙と言うが、それどころではない。

聴覚がなくなってしまったかのような不安感。音が聞こえないというだけで、すさまじいほどの恐怖が感じられる。明日香はいかに自分が自然から逸脱して人工の音に囲まれていたかをまざまざと実感したものだ。

そんな静寂の中に何かが潜んでいたらと想像すると——結構怖い。

そのとき、御厨子所の入り口で明日香を呼ぶ声がした。

「明日香さま」

「ぎゃあああああ」

思わず明日香は飛び上がった。

「えっと……明日香さま？」

そこにいたのはあやしのものではなく、赤染衛門だった。

「赤染衛門さま。どうされましたか」

また夫婦のことだろうか。できることなら不仲な話よりはのろけでも仲のいい話が聞きたい。あるいは仔猫の動向を聞いて癒やされたい……。

「いま、少しよろしいでしょうか」

という赤染衛門の眉がやや八の字になっている。

「大丈夫ですよ」

彼女の眉の角度が気になったが、明るく言い切ると明日香は土間から上がった。中務もついてくる。

赤染衛門は近くのあいている局に入った。ちょっとした立ち話ですむ内容ではないらしい。

「お疲れのところ、大変申し訳ございません」

「いえいえ。それでどのようなご用向きでしょうか」

すると赤染衛門は不意に視線をさまよわせた。

「実は――どこからお話ししたものか……」と軽く額を拭《ぬぐ》う仕草をする。「あのぉ。このところ明日香さまは物陰から妙な気配を感じませんでしたか」

「はい？」

思わず変な声が出た。

「たとえば、誰かに見られているような感じがして、振り向くのだけど誰もいない、みたいな」

明日香の背筋に思わず鳥肌が立つ。

「あの、そんな感じ、昨日からあるのですけど」赤染衛門、実は陰陽師だったのか？

赤染衛門が申し訳なさそうにため息をついた。

「やはり……」

中務が口を挟んだ。「あのぉ。何かご存じなのですか」

それには直接答えず、赤染衛門は隣の局との仕切りの几帳のほうに声をかける。

「入って」

仕切りだと思っていた几帳の向こうから、若い女房が出てきた。

きれいな顔をしていた。

中務のように利発そうな印象だが、やや目尻が下がっていて人のよさそうな雰囲気がある。山吹色の唐衣が似合っていた。

彼女が明日香と中務に深く頭を下げる。

「伊勢大輔《いせのたいふ》と申します。女御さま付きの女房をしています」

声はやや低めだったが、やはり若々しい。

「初めまして。女御さま付きの女房ということは、どこかでお会いしたことはあるかもしれないのですが」

「はい。中宮さまと女御さまの三色丼の折に、随行していました」

「そうでしたか」

「それで――昨日からずっと物陰から明日香さまを見つめていました」

「はいぃぃ!?」

変な声が出た。

変な声が出ていいときだった。

「申し訳ございませんっ」

と伊勢大輔が平身低頭している。

「えっと。一体どういうことだったのでしょうか」

恨まれているのか。それとも愛されているのか。どういう想いで見つめられていたのか。

明日香が尋ねると、赤染衛門が伊勢大輔の袖《そで》をつついた。伊勢大輔が小さく頷いて、顔を上げた。緊張しているのか、真っ赤な顔をしている。何度か口を開こうとして言葉が出てこないでいた。

「あ、あの――」

「はい」

「私……明日香さまのようになりたいのですっ」

鳶《とび》の鳴き声が聞こえた。

管弦の遊びの笛の音が、ちょっと音を外している。

その日のお膳出しが終わってから、改めて話を聞いた。

――春に奈良から八重桜が帝に献上されたという。

その八重桜を受け取る役目はもともと紫式部の予定だったのだが、彼女は辞退した。

「出仕して比較的日が浅い私に、花を持たせようとしてくださったのです」

と伊勢大輔は言っていたが、はたしてその通りだったか。

原稿を書く以外引きこもって目立たないようにしている紫式部の顔を思い浮かべて、明日香は悩んだ。

何しろ、引きこもっている紫式部というものは、いまはもうほぼ死語となった表現を使えば〝喪女《もじょ》〟そのものと言ってよかった。

単純に帝の御前から逃げたかっただけではないのか。

それどころか、新参者の伊勢大輔なら断れまいとふんでいたのかもしれない。

まあ、美しい誤解ならそのままにしておこうか。

その伊勢大輔が仰せつかった役目だが……。

大役だった。

帝だけではなく、定子も彰子も、道長ら公卿たちも臨席している。

ここで粗相があれば、長く長く人びとの口の端に上るだろう。

伊勢大輔は生きた心地もしなかったという。

帝から八重桜を受け取るときに、急に道長が話しかけてきた。

『ただ受け取るのもつまらない。何か歌を詠んでみよ』

ただでさえ、新入りで御前に侍《はべ》るという大役で押しつぶされそうな伊勢大輔はめまいがした。

けれども、伊勢大輔は思ったのだ。

これは自分を試しているのだ、と。

彼女の父は、伊勢の祭主で神祇官の大輔たる大中臣輔親《おおなかとみのすけちか》。宮廷歌人としても名を知られた輔親の娘として、どれほどのものなのかと、見られている……。

だが、それだけではなかったと伊勢大輔は言う。

「自分を信じてお役目を譲ってくれた紫式部さまのためにも、がんばらなくてはと思ったのです」

即興で、とにかく、歌を詠んだ。

いにしへの　奈良の都の　八重桜
けふ九重に　にほひぬるかな

――古都・奈良で咲いていた八重桜が、今日は九重なる宮中で匂っています。

その歌の出来映え、素晴らしさ、めでたさをみなが褒め、出仕して間もない伊勢大輔の名を知らしめることとなったのである。

ところが、である。

あまりにも華々しい成功は、かえって出仕したばかりの伊勢大輔の評価を定めてしまったのだった。

「機転が利く才能ある女性」――周りからそう見られ続けるようになったのだが、それが伊勢大輔には正直、重荷でしかたがないのだと嘆いた。

たとえば、女房同士で話をしているときに、伊勢大輔が何かを言ったとする。すると一緒に話していた女房たちはこう言うのだ。

『――それで？』

『え？』

伊勢大輔の笑顔が引きつる。

周りの女房が、まったく悪意のない、好奇心だけで目を輝かせながら、

『何というか、気の利いたいい言葉とか、歌のひとつをもじったりしたのとか』

と催促《さいそく》してくるのだ。

『あー……』

伊勢大輔の目が泳ぐ。

そのたびに、何とも言えない空気になるのだという。

そこまで話をして、とうとう伊勢大輔は叫んだ。

「あのときはたまたま。たまたま褒められただけなのですっ。八重桜の歌をよく見てください。上の句は八重桜しか言っていません。下の句は匂ってますしか言ってません。ただ、『八重桜がいい匂いです』という意味しかないのですっ」

伊勢大輔が目に涙をためて訴えている。

なるほどな、と思う。

東京の人間が関西に引っ越したときに、関西の人たちと会話してて「で、オチは？」と聞かれるようなものかもしれない。いや、もっと切実だろう。何しろここは後宮。女たちの戦場。明日香だって、清少納言や采女たちからのちょっとした洗礼を受けた

くらいなのだから。

「それは、大変ですね」と明日香は同情したが、疑問は残った。「それで、どうして私をずっと見ていたのですか」

明日香は関西人ではない。

ときどき、心の中の土井善晴先生があやしい関西弁を使うだけである。

むしろ、関西の人から「で？」とオチを要求される側だ。

伊勢大輔が真面目な顔で答える。

「明日香さまが理想だからです」

「理想……」

ずいぶん大きく出られてしまった。恥ずかしい。

「次々と新しいお料理を繰り出してくる豊かな創造性。盛り付けの美しさ。何よりも味のすばらしさ。食事というよりも詩歌や管弦のように心に響きます」

「そ、そう……？」

ずいぶんと詩的な表現だが、料理は芸術という考えもある。そう言われたのだと思おう。

「そのすばらしい創造性の秘密の一端なりを垣間《かいま》見ることができたら、と」

昨日からずっと物陰に隠れて明日香を観察していたというのだ。

「待って」と明日香が右の手のひらを突き出した。「私、そんなすごい人じゃない」

「いいえ！」伊勢大輔の目が大きく見開かれる。「明日香さまは天才です」

「違います！」明日香は逃げ腰になった。「それはこの、私がみんなの知らないことをたまたま知っているというだけで……」

千年ほど未来から来たからです、などとは言えない。

「ご謙遜《けんそん》を！」伊勢大輔も諦めない。「お願いです。私を弟子にしてくださいっ」

「弟子⁉」

伊勢大輔の勢いと驚きのあまり、明日香はひっくり返った。

「大丈夫ですか、明日香さま」

中務が抱き起こしてくれる。

「ありがとう。大丈夫」

伊勢大輔がおろおろしていた。

「ああ、私、師に対して何と無礼な」

「だから待って。私は師匠じゃない」

さらに伊勢大輔が迫ってきそうだったが、とうとう赤染衛門が見かねた様子で謝ってきた。

「申し訳ございません、明日香さま……」

「あのぉ。夢を壊すというかご期待に添えずというか、いろいろ申し訳ないのだけど――どうして私は師匠扱いになったのでしょうか」

おずおずと明日香さまが尋ねると、赤染衛門が眉を八の字にしながら説明する。

「先日、明日香さまが私ども夫婦の問題を軽やかに解決してくださったではありませんか。その話を伊勢大輔にしたところ、この子は何を思ったか明日香さまのようになりたいと申しまして」

先日の一件だ。けれども、あれは明日香の力はほとんどない。夫婦のちょっとしたすれ違いが元に戻るように、小さく肩をたたいてあげただけのようなものだ。

「赤染衛門さま。だって、明日香さまほど機転が利き、実際にみなを笑顔にできる方はいますか」

と伊勢大輔が目をきらきらさせていた。

うん。わかった。どうやらこの子は思い込みが激しいらしい。

「それはそうかもしれませんが……。伊勢大輔。明日香さまを困らせてはいけません」

「それは……はい……」

と伊勢大輔がしょげた。

そこへ、もうひとり、女房がやってきた。

「あ……ここにいたんですか」

低い声でぼそぼそとしゃべる、二藍《ふたあい》の唐衣の喪女。紫式部だった。

「紫式部さま」と伊勢大輔がびっくりしている。明日香たちもびっくりした。自分の局と彰子の御座所以外にも出歩くのか、この人……。

「何をして、いるんですか……？」

と紫式部が尋ねるので、赤染衛門がかいつまんで状況を説明する。その間も紫式部はややうつむき気味に目線を落としたままだった。

「伊勢大輔どの」と紫式部が小さく名を呼んだ。

「はい」と伊勢大輔の背筋が伸びた。

「……あなたは立派に私の代わりに役目を果たしてくれました。自信を持ってください」

「とんでもないことです。私の歌なんて、あんな……」

そのときだった。

ぐううぅぅ――。

誰かのお腹の鳴る音がした。

思わず互いに顔を見合う。

「明日香さまですか？」

「違います。そんなことを言うなんて、中務？」

「ち、違いますっ」

明日香と中務がなすりつけ合いをしていると、紫式部が小さく手を上げた。

「あ……いまの、私です」ちょっとだけ頬が赤くなっている。「原稿書いていたら、食事を食べ損なってしまって……」

「そ、それじゃあ、ちょっと何か作ってきますね」

明日香が立ち上がって、局を出た。少し考えをまとめる時間も欲しかったので、ちょうどいい。

「私、ただお料理を作っているだけなのだけどなぁ」

もう一度確認する。

当たり前だが、明日香は聖人でも君子でもない。

ミッション系や仏教系などの幼稚園や学校に行って、宗教や道徳などを深く学んだわけでもない。

平安時代のことだって、高校の日本史で習った程度。

何も知らないし、わからない。

この時代の人から見たら、それこそ魔法のように見たこともなく、それでいてとてもおいしい料理を作ることができるのだけれども、それは洋食コックとして修行してきた明日香にとっては当然のことである。

そのせいで特別な存在のように思われるのは、ちょっと違うと思う。

赤染衛門の夫婦仲が元通りになったというが、そもそも夫の浮気なんてなかったのだ。赤染衛門の誤解と、夫の大江匡衡の説明不足でこじれてしまっただけで、さっきも言ったようにふたりが互いにきちんと話し合うための場を明日香の料理が取り持ったただけだ。

御厨子所にはあまり余剰な食材はない。冷蔵庫がないから日持ちしないためだ。

こういうとき、二十一世紀の日本では、ぱぱっと料理を作って気持ちをすっきりさせていたのだけど……。

ざっと見て使えそうなものを見つくろう。

みんなを待たせているのだし、あまり時間をかけてはいられない。
それでいながら、みんなが適当につまめるものがいい。

人気がぐんと減った御厨子所。
電気なんてない時代。夕餉《ゆうげ》の終わった時間はびっくりするほど、暗い。
かまどの灯りが温かいのだけれど。

ああ。

未来に帰れるのだろうか、私……。

ふとした折に不安になってしまう。
晴明はしばらく帰る機会は来ないだろうと占を立てている。
たぶんそれは彰子の無事な出産を見届けてから、のように思っている。
あるいは道長の糖尿病がある程度安定することかもしれない。
だが、それらをなし得ても、はたしてほんとうに未来に帰れるのだろうか。

帰れるとしたら、どうやって帰るのだろうか。

帰る方法がわからないとしたら、それはやはり帰れないのではないだろうか……。

そんな不安を抱きながらも、身体だけはてきぱきと動く。

「できた」

本物の職人の作る真円に近い形には遠いけれども、それなりに形になっている。

いまできたばかりのそれを明日香は包丁で適当に切り、平たい器に盛ると急いで局に戻った。それは熱々が勝負の料理なのだ。

「お待たせしました～」

明日香が両手に器を持って局に入る。平安時代の女たちはみな驚いている。

「ずいぶんおいしそうな匂いではありますが……何ですか、それは」

「ふふーん。中務も見たことないと思うよ。本邦初公開。パンの生地の上にチーズ……じゃない、蘇《そ》を並べて焼いて作った特製ピザ」

中務だけではなく、他の者たちも興味深げにのぞき込んだ。

チーズはこちらで蘇として食べられている。豆腐グラタンも作ったことがあった。

生地は小麦粉があるから十分作れるし。

問題は、明らかにこの時代にないトマトソースなのだが、なければないで済ませてしまった。

それをかまどの上に置いた鉄板で焼いたのだ。

焼き上がったあとに蕪の葉を刻んで散らして、バジルの代わりにしている。

構成的にはチーズナンに近いのかもしれないけど、形式はれっきとしたピザだった。

「これは、どうやって食べればいいのですか？」と赤染衛門。

「手づかみでどうぞ。ただし、熱いから」

気をつけて、というまえに、紫式部が舌を焼いていた。

「この匂い、道長さまのお邸で作った豆腐グラタンに近いんですね」

「お。さすが中務。正解」

「だったら熱々がおいしいけど、やけど注意ですね」

みな、ピザを手に取り、ふうふう息を吹きかけて食べる。

「……おいしい」

紫式部の目に生気が戻った。

「ほんとう。この蘇のとろけた感じがたまりません」

「その上の蕪の葉の香りがまたすばらしいです。これは止まりません」

赤染衛門と中務も夢中で食べている。

仕事がすっかり終わったあと、夜食代わりのピザとなれば、それは最高だ。平安時代の女房たちも同じように感じてくれたらしい。

明日香としてはできればビール、あるいは炭酸がほしいところだったが、さすがにそこまでは無理というもの。がまんしよう。

あっという間にピザはなくなった。

みな、器と口の間を一生懸命に手が往復していたのだが、その中でひとりだけ静かだった者がいる。

伊勢大輔だった。

「お口に合わなかったかしら」

「いいえっ」伊勢大輔が大きく頭を振る。「そんなことはありません。けれども……」

「けれども？」

不意に伊勢大輔が深く礼をした。

「私、明日香さまのようになりたいなんて、まったくの思い上がりでした。申し訳ございませんっ」

伊勢大輔はそれだけ一気に言うと、局から出て行ってしまった。

明日香はおろおろと周りを見る。赤染衛門も動揺した顔をしていたが、「伊勢大輔っ」とあとを追って出て行ってしまった。

「え？　ええっ⁉」

「中務。私、何やらかした？」

「うーん……」

「私が取ったピザがちょっと大きかったかな？」

「いや、そういう問題ではないと思いますけど……」

「じゃあ、何よ」

中務が腕を組んだ。

「――圧倒的な実力差を感じたのでしょうね」

明日香が怪訝な顔をした。

「実力差？」

「こんな、夢にも見たことがないような食べ物をぱぱっと作ってしまえる独創性です」

「でも、伊勢大輔さまは別に私のようなコックを目指しているわけでもないのに……」

局には明日香と中務、それに紫式部が残っている。

紫式部は器をじっと見つめながら残っているピザの破片を名残惜しそうにつまんで

いたが、突然こんなことを言った。

「明日香さま。お力を貸していただけませんか」

「はい。……ひょっとして原稿のためにピザのおかわりとか――？」

紫式部が雷に打たれたように顔を上げる。

「その手もありましたね」

「…………」

紫式部が咳《せき》払いをした。

「――魅力的ですが、いまは遠慮します」

「わかりました。――それではどのようなことでしょうか」

明日香が聞き返すと、紫式部は垂れている黒髪をかき上げ、あることを相談してきたのだった。

翌日、伊勢大輔は明日香のところへは来なかった。

例の妙な視線も感じないから、見守りというか、つきまといというか、ストーカー的な何かはやめたのだろう。

「さあ。今日も楽しいお料理の時間。――アレ・キュイジーヌ！」

明日香は元気いっぱい拳を突き上げて、料理に取りかかっていた。

「今日もやる気満々ですね。明日香さま」

「もちろん。中務にもがんばってもらうからね」

いつもよりも明日香の手が早い。

周りの者たちがどうしたのだろうと見ている間に、明日香はどんどん作業を進めていった。

中務が一生懸命、彼女のあとについて行っている。

その日、明日香が作った料理は、彰子向けの膳はいつものように作ったが、さらに主要な女房たちの料理を何品か作った。おかずを増やしたのである。

「お待たせしました～」

明日香が元気よく御座所に入る。

彰子以下、大納言と小少将の姉妹、紫式部、赤染衛門、大命婦らそうそうたる顔ぶれである。

「待っていました」と紫式部が目を細めて小声でつぶやいた。

その奥のほうに伊勢大輔がいる。

やや気まずそうにしている伊勢大輔に、ことさら明日香は笑顔を見せると、みんなに料理を振る舞った。

彰子のごはんはいつものように、つわりに厳しくないように、かつ栄養もしっかりとれるようにといろいろと気を遣った膳だが、ほかの女房たちの食事はいわゆる平安時代の食事である。

そこに明日香が一品付け足していく。

「これは何ですか」と大納言が上品な物腰で尋ねた。「以前いただいたフライドチキンに似ていますが……」

「チキン南蛮《なんばん》です」

「ちきんなんばん？」

女房たちがフライドチキンの器を手にしたまま互いに顔を見合わす。

「上にかかっているのがですね、タルタルソースというので、以前お召し上がりになったマヨネーズにさらにゆで卵や野菜の酢漬けを刻んだものを混ぜてあります」

「その下にさらに茶色いとろみのあるものがかかっているようですが――」

「照り焼きソースの代用です」

「てりやきそおす……？」

本来のチキン南蛮なら甘辛の照り焼きソースも必要なのだが、砂糖がない時代だ。砂糖どころか甘い調味料全般が皆無と言っていい。だから不本意ながら醤を絞って作った簡易醤油に、出汁をたくさん混ぜて旨味と甘みを加えたものを照り焼きソースの代わりにしている。

「結構おいしくできたと思っています。ふたつのソースをたっぷりからめて、どうぞ」

みなが半信半疑の顔をしている。

いつものことながら、やはり相当不思議なものに見えているのだろう。

「お、おいしい……」

真っ先に食べ始めたのは紫式部だった。

「おいしいでしょ？」

「おいしい……。衣にソースが絡むと、まえに食べたフライドチキンとはまるで別物。こってりした味で、ごはんが進む……」

紫式部が白いごはんを頬張り始めると、他の女房たちもチキン南蛮に手を伸ばし始めた。

「あ、おいしい」

「舌の上で、鶏肉の旨味とふたつの違う味のソースとやらが調和されて――」

大命婦も恐る恐る箸をつけていたが、目を見張っている。

「どっしりとした食べ応え。こんなおいしいもの、いままで食べたことがない」

明日香と中務は互いに笑みを交わした。

「女御さまをお支えくださっているみなさまへ、せめてもの敬意を料理に込めました」

「とんでもないことです。こんなおいしい料理、こちらこそありがとうございます」

するとその様子を見ていた彰子がこう言った。

「そのチキン南蛮というお料理、つわりが治まったら私にも作ってくださいね」

御座所に和やかな笑いが起こる。

「もちろんでございます」

明日香は笑顔で礼をした。

――さあ、ここからが本番だ。

アレ・キュイジーヌ――。

その翌日――。

「みなさまへの今日の一品は、目玉焼きハンバーグでーす」

この日も大好評だった。

さらに次の日。

「今日はバターニンニク醤油のスタミナ豚丼でーす」

十二単の集団が丼飯を食べるというのは壮観だった。これもみな気に入った様子で、割とぺろりと食べてしまった。

その次の日。

「今夜は特盛りローストビーフ丼ですっ」

紫式部はもりもり食べている。年かさの女房をはじめ、食べきれない人が出ていた。

さらにその次の日――。

「今日は洋風かきあげの天丼でーす」

洋風かきあげは、きつね色のオムレツのような形をしている。

明治時代に帝国大学（現・東京大学）で教鞭《きょうべん》を執ったケーベル博士の専属コックが、夏目漱石《なつめそうせき》に「何か変わったものが食べたい」と言われて作った料理だった。

豚肉と卵と玉ねぎで作るのだが、あいにく玉ねぎは明治時代まで入ってこない。その代わり、長ネギは栽培されているので、長ネギで代用した。

いただきます、と最初に食べ始めたのは例によって紫式部。おいしい、おいしい、と目を丸くしながら食べている。紫式部、結構食べる人らしい……。

ところが、である。

他の女房たちの箸が進まない。

「どうされましたか？」

中務が尋ねると、大納言が黙って苦笑した。

姉の大納言の代わりに、妹の小少将が答える。

「今日のお料理もおいしそうですね」

「おいしいですよ？」

と明日香はにこにこと答える。

「それはとてもよくわかるのですが……どうも、このところ重たい料理をいただいてばかりで……」

明日香は「ええっ⁉」とのけぞるようにした。

「そんなっ。こんなにおいしいのに」

すると大命婦が音を上げた。

「も、申し訳ございません。私、今日はこちらは控えます」

「まあ、大命婦さま。心を込めて作りましたのに、何てことでしょう」

大命婦がいかにも申し訳なさそうな顔をする。他の者たちも同様だった。

「みなさま、おいしいおいしいと召し上がっていたのに」

と中務が言う。紫式部だけは例外だが……。

明日香も中務も困った顔をしてみせた。

御座所に何とも言えない空気が満ちる。

「あのぉ。できれば、今日はさっぱりしたものを――たとえば若布の酢の物ですとか、そういったもののほうが……」

と赤染衛門が申し訳なさそうに言うと、他の女房たちも同調する空気になった。

「まあ。何てことでしょう」と中務。

明日香と中務は、まるで気づかなかったと言わんばかりなのだが――嘘である。

先日のチキン南蛮の日からずっと、酢の物や味付けの軽いものはわざと女房たちの膳から取り上げていた。

もともと平安時代の質素な味付けと献立に、女房たちの身体はなれている。

そこへ連日、重たい肉料理をごんごん食べたのだ。

胃は疲れ、身体もかえって調子が悪くなるだろう。

「みなさまに喜んでもらおうと、ない知恵を振り絞って料理を作っているのですが」と言って、明日香は隅のほうにいる伊勢大輔に顔を向けた。「機転を利かせるというのは難しいものですね」

「あっ……」と伊勢大輔が小さく反応する。

そんな空気を無視するかのように、小さく手を合わせる人物がいた。

「ごちそうさまでした」と紫式部は両手を合わせると、愁いを帯びたような悩んでいるようないつもの表情のままこう言った。「おいしかったのですが、趣向を凝らしたものばかりではお腹が参ってしまいます。正直、重たいです」

周りの女房たちがざわつく。

「紫式部、食べるだけ食べておいて、何て失礼な」とたしなめる向きもいた。

けれども、他のみなは箸が進まないでいる。身体は正直なのだ。

「重たかったでしょうか」と明日香は悲しげな顔をして頭を下げた。「みなさま、大変申し訳ございませんでした」

「明日香さま……？」と伊勢大輔が驚いたような顔をしている。

「紫式部さまのおっしゃるとおりです。毎度毎度機転を利かせた強いものばかりでは参ってしまいます。何のひねりもない、ごく普通の食べ物、酢の物や木の実やあっさりしたものがあるから、こういう珍しいものが有り難く感じるものですよね。明日からは気をつけます」

明日香はもう一度頭を下げて、洋風かき揚げ天丼を下げ始めた。

代わりに、中務が若布の酢の物を配っている。

明日香が洋風かき揚げとともに御座所を出ると、すぐに紫式部がやってきた。

「明日香さま。ちょっとよろしいでしょうか」

とそばの局に誘う。

明日香と中務が洋風かき揚げを抱えてそちらへ行くと、紫式部が大納言と赤染衛門、それに伊勢大輔を伴って入ってきた。

全員が腰を落ち着けると、まず口火を切ったのは珍しいことに紫式部だった。

「まず申し上げますが、先ほどの重たい料理の件。ここ数日わざと明日香さまがあのようなものをお作りになったのは、私が頼み込んだからです。大納言。明日香さまは何も悪くないので、みなさまにはうまく私のせいにしておいてください」

「何を言っているのですか。紫式部」

と大納言が驚いている。

「いま言ったとおりです。毎日毎日、渾身の重たい料理を作ってみんなに食べさせてくださいと私が頼んだのです」

「ほんとうなのですか、明日香さま」

と赤染衛門が尋ねてきた。

「ええ。まあ……」と明日香は苦笑する。「楽しかったですけど。あ、この洋風かき揚げ天丼は采女たちでいただきますので、ご心配なく」

「ご心配なくって。こんなこと、どうしてですか」

大納言が眉をひそめると、伊勢大輔が少しだけにじりでた。

「もしかして――私のせいでしょうか」

「え？　どういうことですか。伊勢大輔どの」

大納言が不思議そうな顔をすると、伊勢大輔が先日のやりとりを話した。

「私が、明日香さまの創造性や機転のすばらしさを見習いたいと言ったので、それを諦めさせるためにわざと……」

「いや……」

と明日香が言葉を濁すと、低い声で紫式部が言った。

「半分正解、半分間違い、です」

「半分……?」

伊勢大輔が軽く眉間にしわを寄せる。

そのとき、紫式部がふっとやさしげに微笑んだ。

「伊勢大輔。あなたは聡《さと》い。明日香さまのちょっとした一言で、これは自分に向けてのことだとすぐに見抜けるほどに。けれども、自分を責める想いを持っている」

「自分を責める想い……?」

紫式部が背筋を伸ばした。

「漢籍十三種、仏典六種、歌集四十一種以上」

「え?」

「私の『源氏物語』を読んで、そのくらいの文献は参考にしているだろうというある人の意見です。ほんとうはもう少しありますし、正確を期するならば、それらの文献以外に私の人生経験のすべてとそれに対しての私のひとつひとつの感情が、あの物語にはすべて上乗せされます」

「………」

「私は『源氏物語』をひらめきや機転で書いたわけではないのです。それだけの勉強が必要でした。それらの蓄積に、さらに私の人生経験が加わったときに、物語を書くに到ったのです」

「はい……」

「それでもわからないことだらけ。少し書くたびに文献をひっくり返したり、人に聞いたり。書けば書くほど、自分がいかに何も知らないかを突きつけられて、ふて寝してしまいたくなります」

「紫式部さまが……？」

紫式部は再びやさしく微笑んだ。

「伊勢大輔。あなたは八重桜のお役目を立派に果たしてくれました。私の期待以上です」

「そんなことは――」

「あなたの詠んだ歌。あなたは『八重桜がいい香りです』以上の意味はなかったと言いますけど、ほんとうにそうでしょうか。野に咲く花は美しいけど、それを放っておいては歌になりません。それを摘み取り、しかるべき器に載せる人がいるから、そこに歌が生まれ、詩が生まれるのだと思います」

「………」

「あなたはその美しさをきちんと切り取り、歌の形に封じることができた。あなたの才能です。それができると私は信じていた」

明日香は先日、いま紫式部が話しているような内容を事前に聞かされていた。それで驚いた。紫式部が八重桜を献上する役目を譲ったのは、彼女が人前に出るのを嫌っていたからではなかったのだ。

春そのもののような若々しい伊勢大輔の才能を見抜き、その芽生えの瞬間を用意してあげていたのだった。

普通の人間にできることではない。

紫式部自身が自らいろいろなことを学び、吸収してきたからこそ、同じような素質を持った伊勢大輔を見いだせたのだ。

これを料理に置き換えれば明日香にもわかる話だった。

明日香も洋食コックとして修行を積んできたけれども、浅草の老舗《しにせ》洋食店のオヤジさんが見いだしてくれたからできたことだ。

オヤジさんが言ってた。『俺もものすごく修行を積んできた。けれども、それで他人さまと張り合っているうちはまだまだだと思う。そこまで到らない奴の努力の度合いや何が間違っているのか、なんてのはすぐにわかるからな。けど、どこが長所なのか、どうすれば改善されるのかがわかって導くのは、数段上の力がいるんだよ』と。

きっと紫式部はオヤジさんと同じことを伊勢大輔にしたのだろう。

だから、あの役目を譲ったのだ。

「紫式部さま……」

そこで紫式部はひとつため息を漏らした。

「ただ、私の計算が違ったのはそのあとの周りの反応でした」

春。帝のみならず、やんごとなき方々の勢揃《せいぞろ》いした御前。咲き誇る八重桜。そこにきらめいた若い女房の機転は、見事すぎ、はまりすぎ――まぶしすぎたのだ。

明日香がそっと言葉を添える。メインディッシュに映える付け合わせの野菜のように。

「紫式部さまは、周りの人があなたに事あるごとに機転の利いた一言を求めるようになったのを、内心では憂えていらっしゃったのですって」

伊勢大輔が息をのんだ。

「紫式部さま……」

とうとう伊勢大輔の目から涙がこぼれた。

「つらかったでしょう。伊勢大輔」

「……はい」

伊勢大輔が身体を折り曲げ、嗚咽《おえつ》を漏らす。

「それで、紫式部さまは私にこう言ったの。『女房たちに毎日毎日凝りに凝った重たい料理を食べさせてください。食べられなくなるまで』と。そうすれば、あとは自分から女房たちに、機転を利かせた一言が効くのは、普段のさらさらとした会話があればこそなのだと、わからせるから、と」

「え？」

涙のまま伊勢大輔が顔を上げた。

明日香が紫式部からそのような相談を受けたときは、彼女がそのようなことまで考えているのかと驚いた。さらに彼女はこう言ったのだ。

「明日香さまも庖丁人として評価されればされるほど、他のことでも何でもできるように思われて苦しいときもおありなのではありませんか。赤染衛門のときのように」

その言葉が明日香の胸に刺さった。

一見するとただただ暗く、陰気で、引きこもりのように見えなくもない紫式部だが、細かいところまで人間観察をしていた。

だからこそ、『源氏物語』という日本史はおろか、世界史上でも類を見ない大作を書き上げられたのだろう。

かくして、明日香は紫式部の作戦に乗ったのだった。

「まあ、私、口下手なので、その辺のみなさんへの説得は大納言と赤染衛門でお願いしたいなー……なんて思っていますが」

いつもの紫式部に戻ってしまった……。

「なるほど。そういうことでしたか」大納言が納得した表情で何度か頷く。「おかしいと思ったのです。いつもの明日香さまにしては、ずいぶん均衡を欠いたというか、一方的に自分の腕を見せつけるようなお料理だったので」

おお。そこまで見られていたのか——明日香は冷や汗が出る思いがした。

「さすがです。大納言さま」と中務がにっこりする。

「毎回毎回、凝ったものを出そうとしてはいつか無理が出ます。もちろん、そういうのが得意な方がいるのも事実ですし、すごいと思います。けれども、伊勢大輔さまやみなさまがどう思われても、私は自分が凡人であることをよく知っています」

「凡人だなんて、謙遜を——」

「いいえ。凡人なんですよ、大納言さま。みなさまのほうがよほどに優れていらっしいる。だから私は、みなさまからいろいろなことを学ばなければいけないと思っているし、料理だってみなさまの好みをきちんと聞いてバランス、あー、均整のあるものにしないといけない」

天才料理人だったら、それこそ独創性の塊《かたまり》のようなものを毎日繰り出して飽きさせず、胃もたれもさせないのだろう。

しかし、明日香には無理である。

平野レミ先生とか土井善晴先生とかみたいな天才料理人ではないのだ。

どうしてこんな平凡な洋食コック（女子）を神さまは平安時代に送り込んだのか、返す返すも聞いてみたいものだった。

「では、私はどうしたらいいのでしょうか。こんな、明日香さまに悪役を演じていただくようなご迷惑をおかけして」

と伊勢大輔が切羽詰まったような表情をしている。

紫式部が額を指でかいた。

「そうやって結論に急ごうとするのが、あなたの悪い癖です。結論だけでは物語にはなりません。途中があるからおもしろいのです」

「途中……」

「人生であれば基礎と言い換えてもいいかもしれません。足りないところを焦らず腐らず、こつこつ積み上げていけばいいのです」

「…………」

明日香も笑顔で付け加えた。

「積み上げれば積み上げるほど、どんどん知らないことが見えてくる。知らない自分がわかってくる。頭の中では完璧なのに、できない、動けない自分ってくやしいよね。でも、そのくやしさに耐えながら、こつこつと勉強を続けるしかない——半分は私の師匠だった人の受け売りだけど」

浅草の老舗洋食店のオヤジさん。中学を出てずっと洋食を作っているけど、自分で自分が褒められるほどの会心の料理を作れるときは、年に数回しかないって言ってたっけ。お客さまの状態、材料、自分の腕、店のメンバーの連携。すべてがばちっと決まるのが年にたったの数回しかない。あとは毎日毎日が探究と反省の連続だ、と。

けれども、それらが完璧に決まったときには「ああ、今日はもう死んでもいい」というくらいに幸福感を感じるのだとか。

明日香はまだまだその境地にまで達したことはない。ひとつの目標だが、さて到達できるのかどうか……。

すばらしい師匠ですね、と明日香に笑いかけたあと、紫式部は伊勢大輔のほうへにじり寄った。

「あなたがすばらしい才能を持っているのはもう宮中の誰もが知っています。けれども、ここで焦ってはすぐに涸《か》れてしまう。井戸は少し水が出たからと喜んでしまうと、すぐに枯れてしまうのです。もっともっと深く掘ってこそ、水がこんこんこんこんと湧き上がるようになる」

そうしてみんながもらい水をしにくるようになるのだ、と紫式部は説明した。

「どうせなら、そのくらいの人になりたいですね」

と明日香が言うと、伊勢大輔も力強く頷く。

「明日香さまのおっしゃるとおりです。私は焦っていたのだと思います」

伊勢大輔がきらきらする目で紫式部を見返すと、紫式部はしおしおといつもの彼女に戻っていった。

「そういうことで……焦らず行きましょう」

声が小さい。とことんいつもの彼女に戻ってしまった……。

「そうですね」と明日香が頷く。

「周りの人も過度な期待をかけないように」

と言うと、大納言と赤染衛門も「はい」と答えた。

「くさず、伸びやかに。同じ主に仕える女房同士、互いに助け合い、励まし合っていければ……きっといいと思う。――これも宿世《すくせ》の縁というものでしょうから」

がんばろうね、と明日香が伊勢大輔の背を軽くたたくと、伊勢大輔が元気よく「はいっ」と返事した。

「あっ」と中務が大きな声を上げる。

「どうした？」

「洋風かき揚げ天丼、冷めちゃいますよ」

「おっと大変。冷めてもおいしいようには気をつけたけど、急ぎましょうか」

そう言って明日香が立ち上がろうとしたときだ。

ぐうううぅぅ――。

誰かのお腹の鳴る音がした。

明日香と中務が思わず互いに顔を見合う。

「明日香さまですか？」

「違います」

するど紫式部が静かに手を上げた。

「私です……」

「——お腹、空きましたか？」

紫式部はうつむきつつ顔を赤らめつつ、答える。

「久しぶりに話しすぎたら、空腹になりました」


ぷっ。ふふ。くく。あは。あはは——。

明日香、中務、大納言、赤染衛門。最後に伊勢大輔の順番で吹き出した。

局の中に若い娘たちの笑いが満ちる。

「そ、そんなに笑わなくても……」

紫式部がむくれた。

「ごめんなさい。うふふ。数はありますから、よろしければひとり分置いていきますよ？」

と、明日香が言うと紫式部が感謝した。

「ありがとうございます」

「いいえ、いいえ。では今度こそ失礼します」

ぐううううぅぅ――。

またしても誰かのお腹の鳴る音がした。

伊勢大輔が頬を赤くする。

「いまのは私です――何かこのところの悩みが吹っ切れたら、急に……」

明日香は器をひとつ、彼女の前に置いた。

「天丼おまち」

局に明るい笑いが満ちる。

ほっとするとお腹が空く――そういう感覚は千年前も変わらないらしかった。


今回の後日談。

翌日から、なぜか伊勢大輔が明日香の横で野菜の下処理を始めた。

「明日香さま。大根はこのような感じでよろしいでしょうか」

「いいよー。……って、どうしてあなたが采女に混じって仕事をしているの？」

正直、他の采女の目が怖い。

新参者を見る目つき——昔に戻っているんですけど？

明日香のようになる、というのは方向性が違うとやめていたはずなのに。

すると伊勢大輔はこう答えた。

「私、女御さま付き女房としてはまだまだで。なので、明日香さまの女房から始めたいと思います」

「はい？」

「というわけで明日香さま。今後はこの伊勢大輔を女房としてお使いください」

そんな、秋空のようなすこーんと抜ける笑顔で言われても……。

伊勢大輔の横に、干魚を冷めた目で置いた女房がいる。

中務だった。

「伊勢大輔さま。明日香さまの仕事の邪魔です。どうぞお戻りください」

おっと。中務が他の采女と同じ目をしている？

「中務さま。先輩としていろいろ教えてください」

伊勢大輔が空気を読まずに突っ走っていた。

相変わらず思い込みの激しい子だ……。

中務は鼻を鳴らした。

「お断りします。私は明日香さまの女房でもありませんし。ね？　明日香さま」

そう答える目つきがますます怖い。

「そ、そうですね」

何で私がにらまれるのだろう。

「明日香さま。お声が小さい！」

「はいっ。左様でございますっ」

天高く馬肥ゆる秋は、まだもう少し先。

明日香はひとり、身の細る思いがするのだった——。

第三章　卵かけごはんと雷門と明日香の選択

伊勢大輔が元通りに彰子付き女房として真面目に働くようになった、ある日のことである。

明日香は残暑も緩やかになってきた夕暮れに、ふと思った。

「卵かけごはんが食べたい」

別に好物というわけではなかったのだが、しばらく食べていないことに気づいてしまったら無性に食べたい――。

横で中務が首を傾《かし》げた。

「たまごかけごはん……何となくわかるような、わからないような」

「文字通りよ。ほかほかのごはんに生卵。そこに醬油。人によってトッピング――いろいろ他にものせたりするけど、私はそのままがいちばん好き」

卵かけごはん。

卵の味わいと醬油のコントラスト。

何よりもごはんの甘み。

これらがするすると口の中に入り、噛みしめられ、喉《のど》を通過していく心地よさ。

簡単この上ないのにアレンジも無限。

これぞ日本人という潔《いさぎよ》い料理のひとつだと思っている。

洋食、まったく関係ないけど。

そんな説明をしたところ、中務がなぜかドン引きしていた。

「卵を生でそのまま、ですか」

「そうよ」

「……火で焼いた玉子焼きもアレでしたけど、卵が生って。それはひよこになるまえの段階を食べてしまっているのですか」

明日香と中務は互いに顔を見合わせた。

沈黙の時間がしばらく流れる。

晴明の邸。夏の終わりはとっくに過ぎてもいい頃合いなのに、まだつくつくぼうしが鳴いていた。

通りを行く牛車の音がかすかに聞こえた。

そのくらいの時間が経って、明日香はやっと、中務が何にドン引きしたのかを悟ったのである。

「あー。卵と言ってもひよこが生まれるほど時間が経ったものではなく、鶏が産んだすぐの卵をいただくの」

「はあ……。それはそれで、何かこう、生々しいような」

激しい認識のギャップがあるようだ。

卵かけごはんにこだわるわけではないのだが、後学のために尋ねてみた。

「卵の中で、ひよこが生まれるものと生まれないものがあるのは知ってる？」

中務がきょとんとした顔になる。

「どういう意味ですか？」

「鶏って、毎日毎日卵を産むよね？」

「知ってます」

「そのときに、有精卵と無精卵といって……」

「ゆーせーらん……むせーらん……」

中務がお経のように唱えていた。

明日香はちょっと困った。変にリアルな話になってもいけないし。

「鶏は雌だけでも卵を産み続けるの、知ってる？」

「あ、はい。そういう話は聞いたことがあります」

「そういう卵はひよこに孵《かえ》らないのよ？」

中務の目と口が丸くなって埴輪《はにわ》になった。

「ほう？」

「雄と一緒にいる鶏だと、もちろんひよこに孵る卵を産むんだけど」

「ほう⁉」

そんな会話をしていたときだった。

「ずいぶん珍しい話をしているのだな。それも未来の知識かね？」

と晴明が簀子を歩いてくる。

「未来の知識です。未来では雌の鶏ばかりを飼育して、ひよこに孵ることのない卵を有り難く頂戴します」

「ふむ」と晴明が顎《あご》に手をやった。「ひよこに孵らない卵というなら、御仏の教えで説かれている殺生戒を犯すことはないか」

「殺生戒？」

と明日香が聞き返す。

少し専門的な話になるが、とことわって晴明が続けた。

「仏教の戒律の基本の基本。いちばん初歩的な戒律の中でも第一とされるもの、つまりどうしても他の戒律が守れないならせめてこれだけは守りなさい、という戒律でね。元々の意味は、〝人を殺すなかれ〟」

「ああ。なるほど。大事ですね」

最低限守ってほしいところだった。

「この〝人を殺すなかれ〟が、やがて生き物全般の命をむやみに奪ってはならないとなった」

「それもわかります」

そういう物事の流れはあるものだ。だからこそ、日本では肉食を避ける習慣が長らく定着するのだ。その点を指摘すると、晴明は苦笑いをした。

「まあ、その辺の事情は私が知ってしまっていいのかはわからないが」

「あ、そうでした」

歴史に変な影響を与えてしまったかもしれない……。

「陰陽道も獣肉食を忌避する流れにひと役買っているとは思うがな」

「そうだったのですか」

「僧たちから聞いたところによれば、実際には御仏がいらっしゃった時代には、完全な肉食拒否はなかったようだぞ」

「ほう？」

なかなか興味深い話になってきた。

「当時は毎日、托鉢に出て家々の食事を布施してもらっていた。普通の人びとは肉だって食べる。お布施として出された食べ物のなかから肉だけつまんで捨てるわけにはいかないだろ？」

「たしかに」そんなことをしたら失礼だ。

「けれども、やはり生き物の命をむやみに奪うのは僧たちの使命と反するだろうということで、『見・聞・疑』――その生き物が殺されるところを見た、布施のためにわざわざその生き物の命を奪ったと聞いた、また布施のために殺したと疑われる、三点にひっかからない肉は食べてよいことになっていた」

「なるほどですね……」

食べてよい肉を「三種の浄肉」と言うのだそうだ。

「さて、話を戻して〝人を殺すなかれ〟だが、単純な殺人だけではなく、他にも戒められているものがある」

「へえ……」

「ひとつは自殺。自らも仏の子なのだから命を奪ってはならない、ということ。もうひとつは人工的な堕胎。お腹の中の子にも大人《おとな》と同じく魂は宿っているのだから殺してはならない。まあ、もちろん犯罪によるものや母体があまりにも危険にさらされるような場合は例外だろうが。――そうなったときに、卵を食するというのは解釈によっては殺生戒に引っかかりそうだというのはわかってもらえるかな？」

生き物を殺すなかれ。胎児を殺すなかれ。――ダブルで戒律に引っかかりそうだ。

となれば、生卵をごはんにかけて食べるというのが、衛生上の問題ではなく宗教的な問題として中務が引いてしまっていたのか。

たぶんこれはこの時代の普通の人の感覚なのだろう。

実際問題として、卵かけごはんを食べるようになるのは近世だとも言われている。

ここが晴明の邸でよかった。後宮で「生卵が食べたい」などという発言を聞かれていたら――清少納言あたりが聞いていたら――またもめていたかもしれない。

「雌鶏《めんどり》は毎日卵を産むのは習性。雄がいなければひよこに孵らず腐るだけ。だとしたらそれを人間がいただくのは、許されると思うのですが……」

晴明が苦笑する。

「私は僧侶ではないから戒律の解釈を断定できる立場ではないが、まあ、よいのでは

「あのぉ。変な話なのですが、ひよこに孵る卵と孵らない卵って、味は違うのですか？」

反射的にお礼を言うと、中務が小さく手をあげた。

「ありがとうございます」

ないか」


思わず明日香はうなった。

結構、難しい質問だった。

二十一世紀の日本では、有精卵のほうが味が濃いとよく言われる。

だが、明日香の個人的な意見を言わせてもらえば、生卵で食べてみたけどそんなに言うほど味が違うと思わなかった。

それよりも広い場所で放し飼いにした鶏が産んだ卵のほうがおいしかった。

こっちの世界ではどうなのだろう。

食べ比べてみるのがいちばんなのだろうが、すでに有精卵への宗教的感情問題が立ち上がっている以上、それは難しそうだ。

ならば、これまでの経験をそのまま踏襲して答えよう。

「味は違わないと思う」

中務の顔がちょっと明るくなった。

「だとしたら、これから使う卵はぜんぶひよこに孵らない卵を使いましょうよ」

「――ひょっとして、いままで気持ち的につらかった？」

「そこまでではないですけど……生で食べるかもしれないとなったらやっぱり――」

中務の言い分はもっともだと思った。

「となれば、今度は雛鶏だけを集める場所を作らないといけないね」

ごく当然の帰結だった。


明日香が敷地の一角に「鶏小屋」を建てさせてくれと言うと、道長は目をむいた。

「おぬし、何を言っているのだ？」

脇息《きょうそく》にもたれた道長が、あやうくひっくり返りそうになっていた。理解不能という表情で明日香を見下ろしている。

ごく当然の反応だと思った。

それも、事の発端は明日香がふと「あ、卵かけごはん食べたい」と思ったというだけなのだから、申し訳ないなという気持ちもある。

「ですから、雛鶏だけを集めた場所が欲しいんです。遠くに離れていては管理が面倒ですし新鮮な卵とは言い切れなくなるかもしれません。なので、道長さまのお邸に鶏小屋を置いていただければ……」

道長が額を抑えて、ため息をついた。

「はあ……」

「隅っこでいいんです」

「当たり前だっ。誰が庭のど真ん中に鶏のための場所をくれてやるか」

もっともな言い分である。

明日香がちらりと横を見た。いつもお世話になっている道長の邸の家人・定治《さだはる》がいる。明日香の視線を受けて、定治が切り出した。

「畏れながら、明日香どのの料理にはわりと頻繁に卵を使います。例の豆腐ハンバーグもそうです」

「ふむ。あれにも使っていたか」

道長の表情が緩む。豆腐ハンバーグこそは道長の大好物であり、明日香の信頼の源なのである。

「明日香どのの活躍はめざましく……。そのうちいま以上にいろいろな人の噂《うわさ》になりましょう。そのときに、たとえば戒律にうるさい僧侶などが聞きとがめてきたら――」

道長が額をかいた。

「面倒くさい、か……」

「いまのうちに解釈の分かれそうなところで、明日香さまがこのように手を打てるところは対処してしまったほうがよろしいかと……」

しばらく考えて、道長が言う。

「わかった。雌鶏だけの小屋とやらを作っていい。場所は台盤所《だいばんどころ》の土間の裏手あたりの土地を使え」

台盤所というのは、その字から連想されるように後世で言うところの「台所」。貴族の邸宅のなかで配膳のために使われた場所である。

「ありがとうございますっ」

「その代わり」と道長が言った。「また卵を使ったうまいものを新しく作ってみせよ」

予想の範囲内。現実的な落としどころと言えた。

「かしこまりました」

明日香は頭を下げた。

鶏小屋の建築は、定治や出入りの職人の恒吉《つねきち》、肉などを持ってきてくれる火丸《ひまる》たちの手によってなされた。

最大のネックは正確な図面を引くことだったが、ここで知恵を貸してくれたのは何と晴明だった。

「陰陽道というのは先端的な学問でもあるからね」

と言いながら、しっかりした図面を書いてくれたのである。陰陽師、すごい。明日香は――ひょっとしたら平安京に来て最高に――素直に陰陽師を尊敬した。

図面さえあればあとは早い。

ほんの数日で小屋ができ、若い雌鶏が集められた。

雌鶏たちが集まり、放たれるにつれて、田舎《いなか》で嗅いだことのある鶏小屋特有の匂いがしてきた。

「鶏って意外に静かなんですね」

と中務が都会っ子のようなことを言った。

雌鶏たちは一心不乱に大根葉などをつついている。

その数、八羽。

「朝を告げるのは雄鶏《おんどり》だからね」

「ほー。さすが明日香さま。物知りですね」

鶏というと朝早くに「こけこっこー」と鳴いて卵をぽろんと産む、みたいなイメージもあるかもしれないが、いま明日香が行った通り、時を告げるのは雄鶏である。では、雄鶏が時を告げたから雌鶏が卵を産む、となっているかと言えば、それも違っていた。雌鶏が卵を産むのは午前中が多いらしいという。具体的には午前九時から十一時頃。だが、スマホの時間を合わせていないので正確な時間の把握はできない。

とりあえず、明日の出仕を取りやめにして、明日香は卵の番をすることにした。

翌日。

明日香がわざわざ休んだ甲斐あってと言うべきか、雌鶏たちは朝方の巳《み》の刻すぎに卵を産んでくれた。二十一世紀的に言えば、九時過ぎである。

「おー。卵だ、卵だ」

明日香が喜色をにじませつつ言うと、定治たちも寄ってきた。

卵を取られまいと、さすがに雌鶏が騒ぐ。

定治が一羽の雌鶏につつかれていた。

「痛たっ。明日香さま。こちらにも」

「情け容赦なく回収しちゃってください」鶏さん、ごめんなさい。

回収できた卵は五個。

雌鶏は一日に一個の卵を産む。見慣れない鶏小屋に移されたストレスなども考えれば、八羽で五個の卵というのは初日にしては上出来だと思う。

一方的な略奪で集められた卵を、明日香はまずきれいな水を沸かして作ったぬるま湯で洗った。

卵は堅い殻に覆われているが、産み落とされた土などに含まれる菌などがそのままに付着している。これらが食中毒の原因になるからだった。

二十一世紀の日本の養鶏場ならここでさらに次亜塩素酸ナトリウム溶液で殺菌してお湯をかけて流し、パック詰めする。

そこまで管理しているから何日か冷蔵庫に入れていても生食ができるのだが、平安時代にそんなものはない。

そういえば、アメリカの某ボクシング映画で生卵をいくつも飲むシーンがあって、日本人としては「やっぱり減量中でもタンパク質は大切なんだろうけど、あんなにたくさん生卵を飲むのは気持ち悪くないのかな」くらいの感想だけど、卵の生食なんて考えたことのない欧米人からしたら「食中毒になるんじゃないのか!? そんな危険な賭《か》けをしてまで身体を作っていくのか。クレイジーなまでの勝利への執念と覚悟だ」という激しい衝撃があったとか、なかったとか……。

次亜塩素酸ナトリウム溶液がないので、気休めで酒と酢で濡らした布で卵を一個一個拭いておく。

「結構手間なのですね」

と定治が明日香の手元をのぞき込む。

「火を通す料理のぶんだったら、最初のぬるま湯洗いだけでいいと思いますけど」

かくして光り輝くばかりの五個の卵が手に入った。

白い輝きは日の光を跳ね返し、陶磁のように輝いている。

「きれいですね。食べるのがもったいないくらい」

と中務が見とれている。

「でも、食べたらおいしいよ？」

「食べましょう」さすが中務である。

卵を洗っているときから火をかけた土鍋ごはんは、ちょうどいいあんばいである。

炊きたての白いごはんを少し多めによそう。

卵かけごはんを最初に食べるのは明日香だった。

毒見も兼ねている。

ほかほかのごはんの真ん中にくぼみを作る。

いつもならそこに直接卵を落とすのが明日香のやり方だが、いきなりそれをやって生卵が傷んでいたらどうしようもない。

そのため、いまは別の器に卵を割った。

金色に光るような大きな黄身だった。

「うん。きれいないい卵」

明日香は手早く卵を溶く。

そこへ醤油を入れた。

少し多めに入れるのが明日香の好みだった。

黄色と黒の混じった卵汁を、白いごはんにかける。

砂に水が滲《し》みるように、卵がごはんに消えていった。

ごはんを返し、卵と醤油を全体になじませる——。

「いただきます」

明日香は器に口をつけて、卵かけごはんを一口、するりと流し込んだ。

濃厚な卵の旨味。醤油のしょっぱさ。ごはんの甘み——。

おいしさと懐かしさに、思わず天を仰いだ。

「明日香さま……？」

「——ううん。とてもおいしい。大丈夫」

明日香は笑顔を見せた。

そのときである。

「ほう。やっているな」

と台盤所に道長が顔を出した。

「これはこれは、道長さま――」と定治。

よい、と手で制すると、道長は鼻の下を伸ばすようにして明日香の手元をのぞき込んでいる。

「それは何だ」

「卵かけごはんです。おかげさまでよい卵が取れました」

「うまいのか」

「うまいですよ」

「ほお……」

道長が何か言いたそうにしている。

「今日は内裏に行かれなかったのですか」

「――おぬしの動向が気になってな」

道長がじれったそうにしている。

「食べますか？」

道長が急に堂々とした態度になった。

「うむ？　ま、まあ。おぬしがそう言うなら……」

「──食べたかったんですね」と中務が小声で明日香につぶやく。

卵かけごはんを用意された道長は、明日香に食べ方を教わり、啜る。

「……む？」道長の箸の動きが早くなる。「何だこの食感は」

「どうやらお気に召したようですね」

明日香が定治と中務のぶんも用意する。

その間にも道長は一生懸命卵かけごはんを食べていた。

定治と中務のふたりとも卵かけごはんを一口食べて、目を見張る。

「おお」

「あっ」

そう言ったきり、ふたりも卵かけごはんを一心不乱に流し込み始めた。

あっという間に四個の卵は四人の胃に収まった。

「──おいしかったです」

と中務が言うと、定治も額ににじんだ汗を拭いながら、大きく息をついて頷く。

「単純だが、とてもうまい食べ方だ。なぜこのような食べ方を知らなかったのだろう」

と道長が真剣な顔をしていた。ちらちらとひとつ残った卵を見ている。

「道長さまのお身体にはあまり食べすぎはよくありません」

卵が、というよりもごはんをたくさん食べることのほうが危惧《きぐ》された。

「ま、まあ、それはわかっている」

「この卵は夕餉のお楽しみということで」

「またさっきの卵かけごはんが食えるのか」

道長が笑顔になる。

「いいえ」と明日香が言うと、「そうか……」と道長が残念そうな顔をした。

「でも、この卵でみんなが楽しめるお料理を夕餉に出しますから」

実際に食べてみて、産みたて卵が意外に濃厚だったのに明日香は驚いていたのだ。

砂糖はないので限りなく甘さ控えめだが、この残った卵でデザートにするか、茶碗蒸しの類にするか……。

明日香の頭は忙しく回転を始めた。

翌日の夜。晴明の邸の自分の局に戻った明日香は、寝転んでぼんやりと天井を眺めていた。

「とうとう〝養鶏場〟まで作ってしまった……」

本来、洋食コックでしかなかった明日香。

平安時代の都で洋食はじめ、毎日いろいろな料理を作っていた。

それが自分の最大の強みだからである。

平安時代にいきなり転移するという驚天動地の珍事に精神の安定のため、自分のもっとも得意とする料理に専念して心のバランスを保ったという理由もあった。

けれども……ここは平安時代である。

二十一世紀の日本と比べればない物だらけだ。

食べ慣れたレタスやトマトはないし、デミグラスソースもない。砂糖もオリーブオイルもなければイモ類は山芋しかない。

冷蔵庫や冷凍庫がないから食材の保存はできない。

調理器具も限られる。ごくシンプルなフライパンひとつ、包丁一本がないのだ。オーブンや電子レンジなど、想像するのもばかばかしくなる。

かくして明日香は決断した。

新鮮な生の肉や魚が流通していないから——自分で入手するしかない。

そういうことで、明日香はまず鴨川《かもがわ》の釣り人になった。

釣りをする人間があまりいないせいか、大きな川魚が初心者の明日香でも釣ることができた。

「おお。あんた、釣りが上手だね。どうだい。俺と一緒に魚を毎日釣って市で儲《もう》けないかい？」

そばで釣りをやっていた人にそんなふうに誘われることもたまにあったけど、必要なぶんを釣るだけでそれ以上は踏み込まなかった。

釣りに詳しくない明日香でも、ただ釣りをするより網を作ったほうがたくさん魚が捕れることは知っている。鮎《あゆ》を釣るなら、友釣りなどのちょっと特殊な漁法があるのも知っていた。

でもその方向に突き進んだら、明日香は洋食コックではなくなるかもしれない。

平安時代最高の女釣り人になるだけだろう。

そんなジョブチェンジは不本意だった。

職人の恒吉にお願いして包丁を作ったときにも、ジョブチェンジの危険なチャンスはあった。

この時代の包丁は、庖丁刀と呼ばれる直刃で片方だけが切れる剣のようなものなのだ。

あまりにも使いにくい。

そのため、刃物を作れる職人の恒吉に三徳包丁をお願いして作ってもらったのだ。

「すごいものを考えるんだな」と恒吉はあきれていた。

「そう？」

「こんなもの、作ったことがない。それどころか作ろうと考えたことさえない」

恒吉は腕のいい職人で、明日香のざっくりした説明でも三徳包丁にかなり近いものを作ってくれた。

牛刀、ペティーナイフなど、ほんとうなら作ってほしいものはまだまだあった。

けれどもそれらをいちいち作っていたら、やはり明日香は包丁職人にジョブチェンジしてしまう。

下手をすれば、噂を聞きつけたお貴族さまから強要されて、包丁どころか刀鍛冶《かたなかじ》をやらされかねない。

同様に、鍋やフライパンだけは一通り作ってもらったが、あくまでも家庭料理で使用する程度のもので妥協した。大きな寸胴《ずんどう》や逆に小さいソースパンなどの専門調理器具は我慢している。

日本の調理器具を一新した鍋職人として日本史に名を残すジョブチェンジをする気はなかったからだった。

先日、ピザを振る舞ったときも、ジョブチェンジの罠《わな》はあった。

この時代にトマトがないのは知っていたが、自分でピザを作ってみるとトマトが欲しくなるのは、二十一世紀のピザの味を知っている人間として、また「本物を食べさせたい」というコックの欲求として、当然と言えた。

そのままトマトを求めて新大陸——南米あたり——を目指してもよかったのだ。

たぶん、いや絶対に帰れないだろうけど。

ピザを作るための粉だって、まだまだ満足していない。粉をもっと研究したい。いやそのまえに石臼《いしうす》か。水車の仕組みか──。仮によい粉が手に入ったとしても、今度はピザ窯《がま》か、それに近いものが欲しくなってくる。

イタリアよりも先に、日本に本格的なピザ窯が導入されたら、確実に歴史は狂うだろう。

ピザが和食になってしまう。

そのうえ、ピザに使った蘇──チーズなんて、二十一世紀では何百種類とある。それらをひとつひとつ作っていこうとしたら、仙人になって不老不死でも手にしなければひとりでは無理だ。チーズ職人へのジョブチェンジは、人間をやめなければいけないレベルの難易度だった。

「そうなんだよなぁ」

と明日香はごろごろする。

スマホに電源を入れて、久しぶりに米津玄師を聴いて心を落ち着かせようか。

料理をしながら「米津玄師が聞きたい」とぼやいているが、実はほとんど聞いていない。

スマホの電力こそ一度失ったらどうしようもないからだ。

そういえば、一緒にキャンプに行く約束をしていたしずかは、手動式のスマホ充電器を持っていたように記憶する。アレ、作れないかな。

いやいやいや。電力の原理を発明するなんて日本の歴史には早すぎる。

そこまで逸脱してはいけないだろう。

平賀源内《ひらがげんない》のエレキテルなり、ベンジャミン・フランクリンが凧《たこ》で雷を電気と証明した実験なりを待たなければいけない。

さらにさらに、商業的な実用となればエジソンの登場、あるいは交流電気方式を発明したニコラ・テスラまでは待たなければいけないのだ。

そんなことを考え、ひとり懊悩《おうのう》していたときだった。

「どうされましたか」

と中務が簀子から声をかけてきた。

「ああ、中務。人生には誘惑が多いなあって話」

「はあ……？」

中務が首を傾げている。

「それよりどうしたの？」

「晴明さまが、知り合いから蜂蜜《はちみつ》をいただいたそうで」

「あ、そう。蜂蜜……」

「はい」

何だそんなもの、と聞き流しかけて、明日香は飛び起きた。

「蜂蜜⁉」

「ええ。香を練るのに使うのですが、なぜか晴明さまは明日香さまにお伝えしろ、と」

「それ、どこにある⁉」

「いまここに」

と中務が小さな壺を差し出す。やや中務が引き気味なほどに、明日香は興奮していた。

「味見していい⁉」

「明日香さまがきっとそうおっしゃるだろうと、晴明さまが」

その通り。明日香、興奮も興奮、大興奮である。

小さな壺《つぼ》の匂いを嗅ぎ、中にたまっている液体に小指をつけた。

粘度の高い蜜がつく感触。

小指を引き戻すと、指先から壷の中の蜜へ、とろりとした液体が音もなく、たれた。

明日香は蜜を器用に切って、小指を口に含む。

明日香の目頭が熱くなった。

「あ、あ、あ――」

「あ？」

「――甘い……っ」

身体中の力が抜けるようだった。濃厚で香り高い蜂蜜の甘み。いつぶりに味わうだろうか……。

とろける。

まるで脳髄をがつんとやられたように、甘みが沁《し》みる。

蜂蜜。

どうして、この存在を忘れていたのだろう。

乳児に与えては害になることもあるが、大人ならその甘みを楽しめる。

砂糖がないなら、蜂蜜をなめればいいじゃない。

「甘いのですか」

「めっちゃ甘い」頬が緩む。

「そうだったのですか。私、食べたことがないので」

と中務が言う。

「どうして？」

「さっきも申し上げましたとおり、香を練るのに使うのでそのような作業をしない私はいままで触れる機会もなかったのです。それに、蜂蜜は蜂の巣を取らなければいけないので、採集自体が危険ではないですか。だから、租税のひとつとしてごくわずか献上されるくらいです」

なるほど。ミツバチの巣を偶然見つけてそこから失敬するしかないのだな。

いや、きちんと巣箱を作って女王蜂をそこへ誘導できれば、大量生産できるのではないか。明日香の知っている範囲のミツバチの巣箱は木でできている。それなら材料はこの時代でも十分手に入る……。

そんなことを考えて、明日香は首を激しく左右に数度振った。

「養蜂家へのジョブチェンジの罠が見える……」

「何かおっしゃいましたか？」

いいえ、と首を振って、明日香は命じた。

「ヨーグルトと蜂蜜を持ってきてっ」

中務がヨーグルトを持ってくる間に、蜂蜜の状態を確かめる。

晴明が持って帰ってきてくれた蜂蜜は、蜜蝋《みつろう》つきの高級品だった。東京の有名ホテルで紅茶と一緒に出したら、いいお値段をつけられるだろう。

「も、もう一度だけ……」

と、先ほどより心持ち深めに指を突っ込んで蜂蜜をなめたところを、中務に見つかった。

「あ、明日香さま？」

中務がちょっと引いている。先ほど中務は「香を練るのに使う」「ごくわずか献上されるくらい」と言っていた。それを何度も口にしたのだから当然の反応かもしれない。

中務と一緒にやってきた晴明が笑っている。

「その様子では、明日香のいた未来では、蜂蜜は甘いものとして――食用として――扱われているのだな」

「はい」

自家製ヨーグルトに蜂蜜をかけたものを食べさせたら、中務も晴明も目を丸くしていた。

「これ、すごいですね。こんなに甘いものが世の中にあったんですね。ついぞ知りませんでした」

中務が早口でまくし立てる。彼女にしては珍しく、強く興奮を覚えているようだった。

「食べたことがなかったんだね。それにしても晴明さまはよく蜂蜜の甘さを知っていましたね」

「香を練るのに使っているときに手についたのをなめたことがあった。それと蜂蜜取りの話を聞いたことがあったから」

「そうでしたか」

晴明はほんとうはもっといろんなことを知っているのではないか。二十一世紀の調味料の代用方法や、そもそもの未来への帰り方とか……。

いずれにしても久々の激しい甘みである。貴重に大切にいただこう。蜂に刺されながら蜜を取るというのはなかなか大変な作業だから絶対量が少ないわけだし、しばらくはこの三人の秘密にしておこうか。どう考えても養蜂家へのジョブチェンジはハードルも高そうだし。あ、でも蜂蜜があれば砂糖の代わりに本格的な照り焼きができる。女御さまにはつわりが落ち着いたら一度作ってあげたいな……。

それにしても。

卵かけごはんに、久しぶりの甘みか。

何だか、ふいに未来に戻れないのがつらく思えてしまうかもしれない——。


翌日、珍しく後宮の御厨子所がぎすぎすした空気になっていた。

また何かやってしまったかと不安になった明日香だったが、周りの采女に挨拶をしてみると普通に返事が返ってくる。どうも自分が原因ではないらしかった。

それとなく水を向けてみると、徐々に話が見えてくる。

膳司の采女たちが、近江《おうみ》という采女にずいぶんと腹を立てているようなのだ。

「どうしたの？」

と明日香が尋ねると、采女のひとりが理由ではなく、こんなことを言った。

「明日香さまからも言ってやってください」

と割と仲のよい采女が言ってきた。まだ若い采女だが、仕事が早く、物覚えのいい娘である。気立てもよい。その子がいらいらしているのだから、無視はできないかもしれない。

「何があったの？」

と、聞き返した明日香はくしゃみをした。少しぞわりとする。夕べ、寝冷えでもしただろうか……。

「近江が、朝から失敗ばかりしているのです」

失敗は誰にでもあるし、御厨子所ともなれば毎日誰かが怪我をしたり、食材を少しダメにしてしまったりはある。

その場合も、そんなにみんなかりかりしない。

今日は何か特別な宮中行事があったかと確認してみるが、それもないらしい。

明日香はコック服に着替えると、その近江の様子を見に行った。

「何があったの？」

近江はうなだれて隅のほうに立っている。

「申し訳ございません」と真っ青な顔で謝っていた。

先ほどの采女が明日香に説明する。

「近江は今日のぶりの手配をすっかり忘れていて、まったく食材がないのです」

「――大問題じゃない」

さすがに明日香も真顔になった。

「急いで市から別の魚を用意するので何とか間に合わせるつもりですが……。それ以外にも水で戻していた若布を、近江がすべて捨ててしまったのです」

他にも明日香が取っておいてくれと言った大根葉とぬかも捨ててしまったのだとか。鶏の餌にと思っていたものだ。

「……なかなかやるね」と明日香は苦笑した。

近江、泣きながら小さくなっている。

「ほんとうに、申し訳ございませんでした」

他の者たちが怒るのもわかった。

わかったが、怒ったところで米粒ひとつ返ってこない。

いま必要なのはそこからのリカバリーである。

幸い、最高責任者の尚膳がそこでどっしりと座っているから、何とかなるのだろうとは思う。

「魚は何とかなりそうなのね？」

「はい」

「若布の在庫は？」

「大丈夫です」

「あとは私がお願いしていた大根葉とぬかか。まあ、ありものの野菜くずとかで今日のところは大丈夫だと思うので、何とかなるでしょ。——近江どのも元気出して」

明日香がそう言うと、近江が涙を拭いながら顔を上げた。

「はい……」

「あなた、普段はそんなへまはしないでしょ」

「そのつもりです」

「何かあったの？」

すると近江は再び涙をこぼした。

「実は昨日、実家から手紙が届いたのです。母が病に倒れた、と——」

明日香は再びくしゃみをしながら、近江に耳を傾ける。

「くしゅんっ。実家……やはり近江国？」

「はい」

女房女官が、出身地や父親の領地を名乗ることはよくあることだった。

「母親の病気って、心配だよね」

言いながら明日香自身、これまで久しく思い出さなかった自分の母親の笑顔を思い浮かべていた。

母、か——。

お母さん、いまどうしているだろう。

私がいなくなってから、どれだけ時間が経ってるのだろう。

心配しているかな。怒っているかな……。


近江が続ける。

「母は昔から身体が弱く、よく伏せっていたのですが、昨年、弟が先に死んでしまってからはなおさら気落ちしたようで」

堰を切ったように、近江が自分の母のことをまくし立てた。

最初は明日香も相づちを打ちながら話を聞いていた。

けれども、それがずっと続くと、徐々に料理の時間が心配になってくる。

とはいえ、近江が泣いているものだから中断できない。

少しずつ周囲の目が気になってきた。

いつもの明日香なら、うまく対処できただろう。

けれども、今日はその余裕がなかった。

だんだん、頬が引きつってくるのが自分でもわかる。

明日香さま、と中務の押しとどめる声が聞こえた。

けれども、中務のたしなめるような声のかけ方は、頭の回転の速いいつもの彼女にしては——少なくともいまの明日香に対しては——よい選択ではなかった。

明日香は、この日は朝からくしゃみが出て、寒気がしている。

近江の話を聞いているうちに、だんだん寒気が増していた。身体の不調に伴って気持ちに余裕がなくなっていく。

近江はうつむき気味にしゃべっているから、明日香の体調には気づかない。

「それで——」

「うちの母は——」

「できれば——」

近江の声がどんどん遠くなっていく。

それに比例するように、身体の具合がどんどん悪くなっていった。

顔がほてる。視界がテレビの画面を見ているようになる。

母の名を呼びたいのは、明日香のほうだった。

熱を出したときに濡れたタオルを乗せてくれた、
お母さんの柔らかい冷たい手。心配そうに目を真っ赤にしているお母さんの顔――。

もうダメ。身体も気持ちも、余裕がない――。

「ごめん。あなたは自分のことばかり言ってるけどさ、私なんてどうやったってお母さんに会えないのよ」

近江がびくりとした。思いのほか強い口調になってしまったようだ。

「あ……申し訳ございません。明日香さま」

近江が怯《おび》えるような目でこちらを見ている。最悪だ。

自分は母親に会いたくても会えない――だから大切にしなさい、という意味で言いたかったのに。

何かフォローしなければ。土間の空気が悪くなれば、そのまま料理に影響する。

どうすれば……どうすればいいのだろう――。

けれども、明日香の意識はそれを最後に深い闇にのみ込まれていった。

一度、かすかに目を覚ましたような気がする。
風邪《かぜ》だろう、という晴明の声が聞こえたように思う。
明日香さま、と言う中務の鼻声が聞こえた。
いままでの疲れが出たのだろう。
熱がどんどん上がっています。
大丈夫だ。いまは休ませてあげなさい――。
次に目を開いたときには、妙なものが見えた。
場所は晴明の邸の自分の局だと思うのだが……。
「あれ？　私？」
明日香は天井の辺りに浮かびながら、自分の身体を見下ろしていた。
熱に浮かされた肉体は、いかにも苦しげで鈍重そうに見えた。
それに比べて、いまの自分の身軽さ。
そのとき明日香はふと思った。「ひょっとして私、死んじゃった？」

ただの風邪だとか言っていたはずなのに。

ああ、でもひとり暮らしの風邪は結構生き死にに関わるから……。

そっか。死んでしまったのか。

妙にさばさばした気持ちだった。

さっきまでの苦しかった感覚もないし。

うん？

ということは……。

「未来に帰れるのかな？」

以前、いろいろあって死刑になりかかったときに、「もしここで死刑になれば、この時代での役割を失うことになって、未来に帰れたかもしれない」と晴明が話していたのを思い出したのだった。


明日香がそんなことを思った途端、目の前が真っ白になった。

暑い。

顔をなぶるような暑さに明日香が目を開いた。

目の前に塔が見える。

都の南方にある東寺《とうじ》の塔だ。

だが、ここしばらく見ていた東寺の塔とは明らかに違っていた。

平安京で見ていた東寺と比べて黒く、時代を経たように見える。

時代――？

明日香の意識が一気に覚醒した。

途端に、排気ガスの混じった空気が肺を満たし、アスファルトの照り返しが目を焼く。大勢の人が行き交い、自動車が走っている。

よく見れば、東寺の周りには電線が走っているではないか。

「ここは……？」

周りの人びとをよく見れば、その人たちが着ているのはデニムやスカート。狩衣も十二単も壺装束もなかった。男の人は髪を見せているし、女性はショートヘアの人だっている。

決定的だったのは、それらの人びとの手にはバッグがあり、スマホがあったこと。

まさか……。

自分の身体を確かめる。高熱だったはずの身体はすっかり回復している。着ているものはTシャツとデニム。愛用のリュックを背負っている。

向こうに近鉄《きんてつ》電車の赤い車輌が見えた。

「これ――二十一世紀の京都……?」

明日香はひとり、呆然とつぶやく。どこかのおばさんが、少し遠巻きにこちらを見ていた。

「ほう。ここがきみのいた未来の都か」

すぐ後ろから聞き慣れた――最近聞き慣れた声がした。

落ち着き払った大人の男の声だ。知っている。この声は――。

「晴明さん!?」

そこには白い狩衣に烏帽子《えぼし》姿という、およそ二十一世紀の日本に似つかわしくない姿の安倍晴明が立っていたのである。少し向こうのおばさんたちが、少し驚いたような顔をしていた。

その程度で済んでしまうのは、たぶんここが京都だから――平安衣裳体験か、撮影か、コスプレかと思われたに違いない――だろう。

「あれが東寺か。あの寺は千年以上経っても健在であったか」

少しばかり感慨深げに晴明が目を細めていた。

「あのぉ。どうしてここに？　やっぱりこれって、夢なんですよね？」

妙にリアルだけど。

すると晴明は明日香の質問には答えず、周囲を見回した。

「人も町もすべてが変わっている。……大内裏はあちらか？」

「あー……」

明日香がどう答えようかと言葉を探す。

二十一世紀の日本の京都には、大内裏はもちろん、〝帝〟がいない。

明治以降、〝帝〟――すなわち天皇陛下は東京の皇居におわすのである。

晴明がふっと微笑んだ。

「ふふ。きみは嘘がつけない人間なのだな」

「え？」

「もういらっしゃらないのだろう？　ここに帝は」

「まあ……」

「帝が途絶えた、ということはないよな？」

ごくかすかに、晴明の声がこわばっているように感じたのは気のせいだろうか。

「それは大丈夫です。東京——武蔵国《むさしのくに》に政治の中心があって、そこに帝もいらっしゃいます」

「そうか。武蔵国……東国だな」と晴明が小さく頷いた。「何事も諸行無常。帝は都を移され、されど御仏の寺は千年の時を超える。聖徳太子《しょうとくたいし》の言葉を借りれば、世間《せけん》虚仮《こけ》・唯仏是真《ゆいぶつぜしん》ということか」

俗世はすべてむなしく仮のものであり、ただ仏だけが真理なのだ、というくらいの意味である。

「…………」

「人びとは幸せに生きているのか」

「ええ」たぶん。

悩みのない人はいないと思うけど、それでも現代の日本は幸せな国のひとつだと思う。

「そうか。ならばよし」

晴明がからりと笑った。

「晴明さん？」

「帝はいつも人びとの安寧《あんねい》を祈っておられる。われら陰陽師はその帝をお護りする。

帝の祈りが天と地に届くようにと。帝が東国へ移っても人びとが幸福なら、それでよいのだよ。——さあ、行こう」

するとと晴明が歩き出す。

「どちらへ？」

晴明が明日香に振り向いた。

「その東国へ行ってみたい」

「行ってみたいって、どうやって？」

晴明がにっこり微笑んだ。

「それはきみが知っているのだろう？」

明日香は晴明を連れて京都駅へ向かった。

ありがたいことにリュックの中に財布があったのでタクシーにも乗れたし、カードも使える。

ほんとうは最初、バスに乗ろうとしたのだが、バスに入るやいなや、晴明が「これは何だ？」と停車ボタンを押してしまい、周りの人びとの白い視線を浴びながら次のバス停で降りたのだ。

「あのぉ。珍しいのはわかりますが、いきなり勝手に触らないでください」

「なぜだ？　それにあの〝ぼたん〟なるものを押したら、急に音がした。どういう仕組みなのだ」

「……私にもわかりません」

電気系統はさっぱりなので、嘘はついていない。

そういうわけでタクシーになった。

タクシーに晴明と共に乗り込むと、バックミラー越しに運転手が話しかけてくる。

「ほー。お客さん、よう似合ってますなぁ。陰陽師ですやろ？　太秦《うずまさ》で撮影どすか？」

さすがに京都のタクシーの運転手だけあって、狩衣姿のお客が乗り込んできても動じないようだった。明日香が、「ええ。まあ」と曖昧《あいまい》に笑っていると、晴明が小声で呪を唱えた。急急如律令《きゅうきゅうにょりつりょう》。その途端、タクシー運転手はこちらに話しかけるのをやめ、無言で運転し始めた。

「何したんですか」やばいことしていないですよね？

「私の姿が気にならないように呪を使ったのだよ。隠行の一種だと思ってくれればいい」

どうやら害はないらしい。

「先ほどの大きな四角い鉄の乗り物といい、この小さめの乗り物といい、牛や馬は引いていないのだな」

牛や馬が動力源として出てくる辺り、平安人の発想だった。歴史に名を残す陰陽師・安倍晴明といっても、バスやタクシーの何たるかまではわからないようだ。かえって少し安心した。ここで、エンジンの原理を滔々と説明されたら明日香のほうが混乱してしまう。

けれども、晴明がバスやタクシーを理解していないリアルさが、「やはり未来に帰ってきたのだ」という明日香の思いを確信に変えていった。

タクシーはほどなく京都駅に着いた。何だかいろいろと申し訳なくて、明日香はおつりを運転手に受け取ってもらった。

京都駅に入っても、誰も晴明をあやしい者として振り返らない。晴明の呪はたいしたものだった。

「すごいものですね」

と明日香が感心していると、晴明は晴明で初めて見る駅構内に「すごいものだな」と感心しながら、彼女を質問攻めにし始めた。

「ここはそもそもどういう場所なのだ？」

「切符とは何だ？」

「これだけの人数がいるということは、今日は祭りか何かか？」

「あそこに置いてあるものは勝手にもらっていいのか？　ダメなのか。べんとう、とは何だ？」

「ずいぶんいろいろなものが置いてあるが、これらも食べ物なのか」

「甘いお菓子、というのはどういう意味なのだ」

「ここからどうやって東にある武蔵国へ行くのだ？」

千年の歴史の違いをこの場で簡単に説明するのは難しい。明日香がひとつ答えている間に、晴明の質問が十に増えた。

明日香が駅弁の説明をしているうちに、晴明は八つ橋を手にしている……。

「あのぉ。これらのものはこの時代のお金というものがないと買えないのですが」

晴明がいい笑顔になった。「よろしく頼む」

言い返したかったが、これまでの恩がある。一宿一飯の恩義は大切に。それにどうせ夢なのだろうから、別にいいか。だから、タクシーの運転手におつりをあげてしまったのだし。

明日香も久しぶりに京都駅の売店を物色することにした。

駅弁やらお土産物《みやげ》やらを吟味していたのだが、「迷うな……ぜんぶ行こうか」という晴明のむちゃくちゃな発言に、どうせ夢だからと思っている明日香が同調した結果、駅弁は五個、八つ橋はあん入りと皮だけと焼いたものの三種類、賀茂《かも》なすなどの漬物各種、その他お菓子類を山のように抱え込むことになった。

偉大な陰陽師・安倍晴明が両手にビニール袋をさげて、駅弁や八つ橋を抱えているのだ。この上なくシュールな絵面《えづら》になってしまった。

かくして東京行きの新幹線では、大漁にわく港のような有様で駅弁などを広げることになった。

明日香はちゃっかりビールも買っている。

「んぐ、んぐ……っぷはぁぁぁ！　リアルな夢、最っ高！」

普段の生活では節約して第三のビールだが、今日は思い切り奮発して――どうせ夢なのだ――某七福神の書いてある金色の缶のビールにした。

しずかにすっぽかされて、最終のあとの新幹線――平安時代行き――に乗ったとき以来のビール。めちゃくちゃうまい。

そのほろ苦いおいしさが〝これは夢ではないよ〟とささやいているような気がした。

……いや。これは夢だ。

少なくともビールの間はそう思おう。

明日香が泡立つ金色の飲み物を愉快にやっていると、晴明が質問してくる。

「それは何だ?」

「ビールっていう、この時代のよく知られたお酒です」

晴明にも一口分けてあげた。晴明は初めての炭酸に目を白黒させている。

明日香はその晴明の顔がおかしくて大笑いした。

何だか久しぶりに心底楽しいかも。

白い狩衣、烏帽子姿の晴明が新幹線に乗っているのに、誰も奇異に感じていないのがむしろ奇異である。その横でごく普通の女子である明日香が出来上がっているのはもっと奇異なのだが、上機嫌の明日香にはどうでもいいことだった。

新幹線のおなじみのチャイムが懐かしい。

目指せ、東京。

覚めるな、この夢——。

東京に着く頃には、大量のお土産物はともかく、駅弁はなくなっていた。五つの駅弁のうち四つは晴明の胃に収まっている。「陰陽師、恐るべし」と明日香は上機嫌な頭で思っていた。

「ここが、いまの都か」

晴明が、あまりの人の多さに絶句している。

「何か言いましたかっ？」

新幹線ホームの騒音に負けないように、明日香が大きめの声で聞き返した。

「すごい人の数だなっ」

晴明も大声で言い返す。

「迷子にならないでくださいねっ」

明日香は心がうきうきしていた。

この喧噪《けんそう》、この人出、この排気ガスにまみれた空気。これが自分の心身の深いところに根付いているアイデンティティなのだと明日香は実感していた。

「とにかく、きみに付いていこう」

晴明が人にぶつかりながら何とかホームを歩いている。

東京駅の見学もしたかったのだが、京都駅での晴明の様子を見ていたら一日かかっても終わりそうにないので割愛させてもらった。夢が覚めてしまったらもったいない。

東京から今度は浅草《あさくさ》へ行く。

晴明が、明日香の働いていた洋食店を見たいと言ったからだった。

東京駅から神田《かんだ》駅へ行き、銀座《ぎんざ》線に乗り換えて浅草駅へ。

東京に着いたときとは違った意味で、明日香の胸が高鳴ってくるのを感じた。

もうすぐ、浅草に戻れるのだ。

銀座線で浅草駅に着いた明日香は、晴明が迷子にならないように気をつけながら、地下のホームから地上を目指した。

地上に出て少し歩けば、あの〝門〟があるのだ。

通りに出た。

人びとは写真を撮ったり、〝門〟の向こうへ歩いて行ったりしていた。それらの人びとに、人力車の営業が声をかけている。

その〝門〟には、左右に雄渾な肉体を持った仁王像、中央にはあまりにも見慣れた丹色の大提灯があって、そこにはこう書かれていた。

「雷門」

明日香は呆然とつぶやいた。

「あ、人力車いかがですか」

と人力車の兄ちゃんが明日香に声をかけた。

「あのぉ。ここは浅草、ですよね」

奇異な質問だったが、人力車の兄ちゃんは文字通り営業スマイルで答える。

「そうですねー。ここが浅草でいちばん有名な雷門で。向こう側に見えるのが有名な企業さんのビルと、スカイツリーですねー。浅草は初めてですか?」

「浅草……」呆然とつぶやいた。「私、帰ってきたんだ」

視界がゆがんだ。

胸が熱くなる。

いろんな感情がごちゃ混ぜになった。

叫び出したいような、感情の爆発が胸のなかいっぱい、身体のなかいっぱいに吹き荒れている。

だが、感傷に浸っている暇はなかった。人力車の兄ちゃんが料金説明を始めてしまったのだ。困った。しばらくこういう経験がなかったから断るタイミングを逸した。

明日香がおろおろしていたときだった。

「すまない。彼女には先約があってね」

晴明がするりと断りを入れる。

じゃあまたよろしくお願いします、とすんなり人力車の兄ちゃんは去っていった。

「なるほど。ここが未来の世界の中の、きみがいた場所か」

と晴明が周囲をおもしろそうに眺めている。

周囲の人は少し晴明を振り返るときもあったが、相変わらずほとんど無視だった。

こんな目立つ格好をしているのに、まるで浅草でレンタルの着物を借りて歩いている人程度にしか見られていない。

「晴明さん、ここでもさっきの呪が効いているのですね」

「そのようだな」

「――それともやっぱり夢なのかな」

夢でもいい。

もはや二度と戻れないと思っていた浅草に帰ってきたのだ。

それだけでいいではないか……。

明日香と晴明は人混みの邪魔にならないように少しずつ歩き出し、気がつけば晴明は雷おこしの店を覗いていた。晴明、勧められるままに試食をしている。

「ほう。変わった食べ物だな。唐菓子より固いようで一度噛むとあとは食べやすく、そのうえ蜜のように甘い」

「あのぉ。晴明さん？」

「ふふふ。先ほどつまんだ八つ橋とはまたまったく違う。いろいろな甘いものがあるものだな。——それにしても、未来というのはどこもかしこも人が多い」

平安時代の総人口はどのくらいだったろう。ごく自然な動作でリュックのスマホに手を伸ばし、検索をかけようとし、明日香はびっくりする。

「スマホの電波が入る——」

「それはそうだろう。ここはたしかにきみのいた未来。周りの人が私に反応しないのはそのように呪をかけたからさ」

そう言って晴明は右手を刀印にして小さく五芒星《ごぼうせい》を切る。

急急如律令、と晴明がささやくと、五芒星が光り輝いて周囲に拡散し、消えた。

「ほおー」便利なものがあるものだ。というか、晴明の力は現代でも通用するのか。

ちなみにスマホで検索したところ、平安時代の総人口は五百万人から六百万人程度、京の都の人口は十二万人程度とのことだった。

浅草の年間観光客数は最大三千万人だそうだ。そうだ。スマホがつながるならいまのうちに米津玄師の新曲をダウンロードしておこう。

「ところで明日香。ここは何なのだ。寺か」

「そうです。浅草寺《せんそうじ》という都内——この時代の二百年くらいまえに帝が武蔵国に移られて遷都したのですけど——での最大規模のお寺のひとつです」

「参詣していこう」

と言うや、晴明はすたすたと雷門をくぐってしまった。待って。安倍晴明と雷門の写真撮りたかった……。

晴明は、例によって例のごとく、仲見世《なかみせ》の店先にある食べ物や土産物のひとつひとつに興味を示した。

「それもさっきと同じ甘いものですね」

と揚げまんじゅうについて説明する。

仲見世を抜けるのに初詣《はつもうで》並みに時間がかかった。

ちなみに、芋ようかんとソフトクリームを晴明はすでに平らげている。

これだけ食べるのに、痩せたままというのが何だか理不尽で解せなかった。

「きみたちの時代は、とても豊かなのだな」

と仲見世を満喫した晴明が総括する。

「豊か……晴明さんの時代と比べればそうかもしれません」

「豊かさとは選択肢の豊富さだとしたら、豊かだろう。けれども」と晴明が浅草寺の本堂を眺めながら軽く開いた檜扇で口元を隠した。「神仏の臨在を感じない人が多くなったようだ」

「はあ……」

「ふふ。いま本堂のまえに閻魔《えんま》大王がいて参拝者全員を記録していると言ったら、どうする？」

「ほんとうですか⁉」

晴明は微笑んだまま答えなかった。本堂を参拝するために階段を上るときに、晴明が何もないところに一礼していたのが明日香にはとても気になるのだが……。

参拝を終えた晴明が言った。

「ここが浅草という場所なら、このあたりで明日香は料理を作っていたのだな？」

「そうですね」

すでに夕方になっている。晴明がにやりと笑った。

「その店に行ってみようではないか」

「えー……」

明日香は思わず露骨にイヤそうな反応をしてしまった。

「何か困ることでもあるのかね」

「……そりゃ、あるでしょう」

理由はどうであれ、しばらく黙って消息を絶っていたのだ。その明日香がふらりと店に立ち寄れるようなものではない。

「大丈夫さ」

「その根拠のない自信はどこから来るのですか」

晴明が苦笑する。「根拠がないわけではない」

「ほんとうですか？」

「ふふ。私は陰陽師だからな」

晴明に背中を押されるように明日香は仲見世の裏を通り、自分が勤務していた老舗洋食店へ向かうのだった。

夢でもいい。

もう一度、あの店に行きたい——。

明日香の勤めていた老舗洋食店は、浅草のオレンジ通りを一本入ったところにあった。

赤い日よけのビニール屋根、茶色い木のドア、手書きのメニュー看板。何よりも店先に流れてくるバターとソースの香り。

「ああ……」

思わず涙がこみ上げて、洟を啜った。

「ここか」

と晴明が目を細めている。

「はい」と明日香が答えたときだった。店のドアががちゃりと開いて、お客さんが出てきた。

「ありがとうございました」とその夫婦の後ろから声をかけた中年の男がいる。コック服を着て、色黒で、目尻のしわの深い男である。

「あ、オヤジさん……」

明日香が呆然とつぶやくと、お客さんを見送ったオヤジさんが怪訝な顔になった。

「どこほっつき歩いてやがったんだ」

「今日のぶんが足りないから買い出しで頼んだ野菜、おまえが遅いから別の奴に頼んだぞ」

「あの、これは……」

「え？」

どういうことだろう。

明日香は休みの前日の東京駅最終のあとの謎の新幹線で未来からいなくなっている。

〝今日〟がそれから何日経っているかわからないが、オヤジさんからは今日、買い出しに出てしばらく帰ってこなかったことになっているだけのようだ。

そのオヤジさんは明日香の横の晴明に気づいた。途端に笑顔になるオヤジさん。

「いらっしゃいませ。おひとりさまですか」

「あの、オヤジさん。こちらの人は――」

「何だ、知り合いか。知り合いと会っていたなら仕方ねえな。お客さんには入ってもらっておまえはさっさと厨房《ちゅうぼう》に入れ」

一体何が起こっているのだ。晴明を振り向くといい笑顔で微笑んでいる。

「晴明さんがその笑い方するのって、とても胡散《うさん》臭いんですけど」

「ひどいことを言う」

オヤジさんがもう一度明日香を呼んだので、明日香は厨房に向かった。

ああ、また店の厨房に立てるなんて——。

これも晴明の呪が働いているのだろうか。

神さま、いけずなんて思ってごめんなさい。

手を洗い、コック服に着替えながらも明日香は胸が熱くなるのをおさえるのに苦労している。

懐かしい洋食の匂い。

火の匂い。

調理の音。

お客さまのざわめき。

何もかもが心の深いところを揺さぶっていた。

明日香は笑顔を作った。

「晴明さん。ご注文は？」

「ふむ……。それではハンバーグにしようか。本物を食べてみたい」

「かしこまりました」

明日香が厨房に立つ。

ハンバーグの種。

バター。

どこに何があるかは身体が覚えている。

ソースパンを使ってのデミグラスソース作りも、インゲンとニンジングラッセも、目を閉じていてもできる。

たしかに私はここにいたんだ――。

ハンバーグを焼くフライパンの重みと火力が胸を締め付ける。

「お待たせしました」

明日香がハンバーグとライスを晴明のところへ運ぶ。コーンポタージュも一緒だ。

「ほう。これがそうなのか」と晴明が目を細めている。

「ナイフとフォークは……さすがに使えないですよね」

「たしかに使ったことはないが――わかると思う」

「マジですか」

「ふふ。陰陽師だからな」

晴明はナイフとフォークでハンバーグを切り、口に運んでいる。何というレアな光景。写真を撮りたいが、オヤジさんに殴られる。うん？　ということはもしかして、エンジンの原理もほんとうはわかっていたのだろうか……。

「……これは——きみがこちらの世界で作っている料理とは大違いだ」

「そうですよね」

と明日香が苦笑すると、珍しく晴明が焦ったような顔をした。

「いや、違うのだ。きみが作るものは十二分においしい。けれども、このハンバーグは」

けれども、明日香はその言葉を遮って続ける。

「まったく違いますよね。向こうでは手に入らない肉と香辛料を使っていますし、何よりオヤジさんの監修ですから」

複雑な気持ちだった。

これまで、洋食もどきに甘んじていたのがバレたような、けれどもちゃんとした本物の洋食を知ってもらえてほっとしたような、いろいろな気持ちが攪拌《かくはん》されている。

そのときだった。

店のドアベルが鳴って新しいお客さまが入ってくる。

いらっしゃいませ、と言って、その顔を見て明日香の涙腺が決壊した。

「お母さん。それにしずか……っ」

「来たわよ」と明日香の母が目を細くしている。

「ちーっす」と、しずかがおどけてみせた。

「ふたりとも、どうして……」

「何言ってるのよ。今日、しずかちゃんと一緒にごはんを食べにいくって言ったじゃない」

そんな約束していただろうか。

していたのだとしたら、何をどうしても平安時代になんて行かなかったのに。

「お母さん、あのね、私ね――」

「どうしたの？　今朝、家を出るときにはあんなに元気だったのに」

「今朝、家を出る……？」

「昨日、実家に戻ってゆっくりしたんじゃない。まあ、あたしと夜遅くまで飲んでたけど」

しずかが苦笑しつつ、お冷やを飲んでいた。

昨日の夜、私は実家に泊まって……何だかそんな気もしてきた。

そのときである。

世界が不意に灰色に一変した。

母としずかの姿がフリーズする。

ふたりだけではない。

オヤジさんもお客さまたちも固まっていた。

静止した灰色の空間で明日香だけが――いや、明日香と晴明だけが色彩を持っていた。

「晴明さん。これは――」

ナイフとフォークを置いた晴明が、紙ナプキンで口を拭っている。

「どういう仕組みかはわからないが、きみが千年前に来ていた間の時間の矛盾《むじゅん》は何らかの調整が入っているようだ」

「それはわかりました。そうではなくて――」

すると、晴明が厳《おごそ》かに告げた。

「ここがたぶん、選択の場面なのだろう」

明日香の胸が、理屈なしに痛んだ。

「選択？」

「さっき話したとおり、きみの世界は私がいた世界より豊かだ。その豊かさとは選択の豊富さだとしたら――明日香が私たちの世界に来たときは選べなかった〝進むか〟〝戻るか〟の選択肢が存在しているのだよ。そしてその選択の瞬間が、いまなのだろう」

〝進むか〟〝戻るか〟――。

「私はこのまま、こちらの世界に帰っていいのですか」

声が震えた。

「もちろんだ。だが、その場合――当たり前だが千年前には戻れないだろう」

明日香の心臓が大きく跳ねた。

「もう、平安時代には戻れない……」

「それはそうだろう？　一生のうちに何度も現代と未来を往復するような力、御仏をも超える法力よ」

「…………」

このまま現代日本に残りたい。
その気持ちが強くうずく。

だが、心のどこかで迷っていて――迷っている自分に明日香は驚いていた。

灰色の世界にいる母やしずかやオヤジさんの顔は、こんな近くにあるのに。

「あの……私――」

明日香の声が震える。

晴明は自分のお冷やを左手に持って、立ち上がった。

「そういえば、きみはまだ私たちの世界にお別れを言っていなかったな。――急急如律令」

右手を刀印にして口元に当てた晴明が、そっとお冷やに息を吹きかける。

すると、晴明が手にしたお冷やの水面にあでやかな風景が映し出された。

「これは――」

そこに映っているのは平安の都の短い間ながら親しくした人びとだった。

中務が一日に何度も明日香の額を濡れた布で冷やし、目を覚ましてもいないのにおかゆを作って持ってきていた。

『明日香さま？　戻ってきてくださいね』

そう話しかける中務の目から、吹き出すように涙が流れ続けている。

晴明の邸の庭では、何人もの男たちが正座して拝んでいた。

そこには火丸がいて、恒吉がいて、大勢の職人や物売りたちがいる。

『どうか、晴明さまのお力で明日香さまを助けてください。どうか、どうか──』

道長が定治を伴って何度も晴明の邸に足を運んでいた。一日に二回。けれどもそのたびに、式神の涼花から『まだ意識が戻りません』と告げられ、落胆している。

『安倍晴明ともあろうものが、どうして女性ひとりの目を覚ませんのだ。別に私は自分がうまいものを食いたいからではないぞ。女御やいろいろな人が待っていると伝えておいてくれ』

その後宮では数多くの女房たち、膳司の人びとがみな心を痛め、沈鬱《ちんうつ》な表情をしていた。みながみな、明日香の身を案じてくれている。ある者は知り合いの密教僧を頼り、別の者は晴明以外にも陰陽師に祈祷を依頼していた。

明日香が厳しく当たってしまった近江などは、そのときの比ではないほどに泣きながら、仏像に明日香の快復を祈っている。

彰子と定子が、ふたり並んで手を合わせて神仏に一心に祈っていた。明日香のことを祈っているのだというのが無言のうちに伝わってくる。

『どうか、明日香さまが一日も早く快復されますように』

『釈迦大如来《しゃかだいにょらい》さま。明日香さまは私たちに笑顔をくださいました。けれども、私たちはまだ何もお返しができていないのです』

明日香が滂沱《ぼうだ》の涙に顔をぐしゃぐしゃにしていた。

「私のほうこそ、何もしていないっ。ただお料理作って、未来に帰りたいっていつも思っていて。みんなにあんなふうにされるようなこと、何もしてないのにっ――」

晴明が静かに語りかけてくる。

「私たちの世界へ来ているきみの苦労は計り知れないだろう。私も、戻れるなら元の世界に戻ったほうがいいと思っていた。けれども、きみの影響力は私が想像していたよりも遙かに大きいようだ」

「影響力？　私は歴史を変えてしまったのですか」

そうではない、と晴明が頭を振った。

「みな、きみの料理をもう一度食べたいと思っているだろう。それだけ、きみはすばらしい料理を作ってくれたからな。けれども、それらを超えて、ひとりの友人としてみんなきみのことを大切に思っているのだよ」

再び、明日香は泣き崩れた。

私こそ、みんなにありがとうを言いたい。

こんな私を受け入れてくれたみんなに、心の底からお礼を言いたい。

もっともっとおいしいものを作りたい。

みんなに笑顔でいてもらいたい。

そのために私は——。


どれほど時間が経っただろうか。

明日香が目を覚ますと、晴明の邸の天井が見えた。

「あれ……？　私――」

身体が汗で気持ち悪ぃ。

そんなことを思ったら、不意に中務の顔が視界に飛び込んできた。すっかり泣きはらして目が腫《は》れぼったくなっている。

「明日香さまぁ……」

「中務？　どうして……？　私、浅草にいたんじゃ……」

ぼんやり独り言を言っていると、中務が問答無用で抱きついてきた。

「明日香さまぁぁぁ。よかった。よかったですぅぅ」

中務が喜びながら大泣きしている。

「ちょ、中務。私、汗すごいから」

「かまいません。うわあああぁぁん」

中務の大泣きする声が晴明の邸を満たした。

その大泣きを聞いて、火丸たちが、またしても見舞いに来ようとしていた道長が、最初は最悪の想像をしたようだったが、すぐに明日香が目を覚ましたのだとみなに伝わった。

方々から男たちの歓声が聞こえてくる。

中務に抱きしめられ続けながら、明日香は自分が平安時代に戻ってきたのだなと改めて悟った。

ばかだな、私。

せっかく現代の日本に帰れるチャンスを棒に振ったんだから。

けれども、それは不思議と満足感の伴った選択だった。

――結局、明日香は十日ほど意識不明で眠り続けていたらしい。


すっかり元気になった明日香が拳を突き上げる。

「今日も元気にお料理がんばろー。アレ・キュイジーヌ！」

「おー」と中務が拳を突き上げた。

周りの膳司たちもにこにこ笑いながら見ている。半分くらいが小さく拳を握っていた。

「明日香さま。あなたは病み上がりなのですからくれぐれも無理はなさらないように」

という尚膳に、はいと答えた明日香は近江を見つけて近づいた。

近江のほうでも何か言いたそうにしていたのがわかったのだが、それよりも先に明日香が腰を直角に曲げた。

「このまえはごめんなさいっ。私、自分の身体の具合が悪かったからって、あなたにきついことを言いました。ほんとうにごめんなさい」

近江が驚いている。

「いえ。明日香さま。私が自分のことばかり話したせいで、その愚痴《ぐち》の毒のせいで明日香さまを――」

「そんなことないよ」何しろ、浅草を見られて母やしずかやオヤジさんに会えたのだ。

「母親って子供にとって、特に女の子には大事だよね。もうよくなった？」

「はい。母はもう大丈夫です」

「次からは、尚膳さまには私から言っておくから、休めるものなら休みなさい」

「え？」

「実家が近いからできることかもしれないけど、顔を見せてあげなさい。私があなたのぶんも働くから大丈夫。お母さんにはあなたしかいないんだから」

「明日香さま……」

近江が泣き出した。泣かせるつもりはなかったのだけど。

明日香は心の中で自分の母にそっと謝った。

ごめんなさい、お母さん。

私はもうしばらく帰れないです。

親不孝な娘だけど、許してください、と。

熱のあいだ、浅草に戻っていたことについて、明日香は晴明に問いただしてみた。

「ところで晴明さん。私はほんとうにしばらくの間、未来の世界に帰っていたのでしょうか」

「さあ?」

「晴明さんも一緒にいましたよね?」

「ほう?」

晴明はのらりくらりとかわしていた。

けれども、明日香のスマホにはこれまでなかった米津玄師の新曲が、いつのまにかダウンロードされているのだった。

第四章　蹴鞠と秋の宮中バーベキュー

明日香が復活して久しぶりに出仕した翌日――。

晴明の邸から後宮へ〝出勤〟しようとしていたら、定治が息を切らせてやってきた。

「晴明さま。明日香さま。主の一大事にございます」

定治は道長の家人である。晴明のところによくお使いに来るし、明日香と道長の橋渡しもよくやってくれている。

その定治が血相を変えてやってきたのだ。

「どうしたのですか⁉」

「道長さまが、道長さまが……」

晴明と明日香が大急ぎで道長の邸へ向かう。

取るものも取りあえずとはこのことである。

後宮には涼花を派遣して、明日香の〝欠勤〟を伝えておく。

邸に着いたが、妙に静かだ。

その静けさがかえって不安をかき立てる。

「いかがなされましたか？」

「どうされましたか⁉」

礼儀作法も何もない。明日香は全力で簀子を走っていた。

晴明と明日香が道長の間に行くと、衾《ふすま》をかぶって道長が脂汗を流していた。

「あー……あー……」

「えっと。道長さま？」

「あー……うー……」

問いかけるも、呻き声ばかり。

そばに中年の女性が付き添っている。明日香が誰だろうと考えていると、晴明が先に挨拶《あいさつ》した。

「これはこれは、東三条院《ひがしさんじょういん》さま。弟の道長さまのお見舞いでしたか」

いまの言葉からわかることは、目の前の女性は道長の姉だということだ。そう言われてみれば目元や鼻筋はそっくりで、意志の強さと気迫のようなものも同質のものを感じさせた。

けれども、明日香は残念ながらそれ以上の知識がない。

「道長さまの四歳年上の姉上であり、今上帝のご母堂でいらっしゃいます」と、中務がごく小さな声で教えてくれた。

今上帝、つまり歴史で言うところの一条帝の母となれば、藤原詮子《せんし》と言っただろうか。道長かわいさに、中宮定子の兄・伊周を圧迫した人物だ。そもそも彰子の入内も彼女の力添えが大きかったと言われている。

「晴明どの。わざわざお呼び立てし、申し訳ございません」

と東三条院が言った。申し訳ない、と言っているのだがまるで申し訳なさそうに聞こえないのも道長によく似ていた。

「道長さまはどうされましたか」

実は、と東三条院が険しい顔つきになった。

そんなに重態なのだろうか。

明日香が熱に浮かされていた一週間で、道長の宿痾《しゅくあ》である水飲病、つまり糖尿病が一気に悪化したのだろうか。

息をのんでいる明日香たちに、東三条院が告げた。

「――食あたりを起こしました」

「はいぃぃ？」

明日香は帝の母親を前にして妙ちくりんな声を発してしまった。

要するにこういうことだった。

道長は食べたかったのだ。

またあのおいしい卵かけごはんを。

卵かけごはんは、考え始めたらそのことで頭がいっぱいになってしまう食べ物であることは、明日香も体験済みだからよくわかる。

似たような食べ物は、深夜のラーメンとかだろう。

いずれにしても、ふと道長は卵かけごはんを食べたくなった。

時につくつくぼうしも鳴きやんだ、夜のことだったとか。

台盤所には明日香直伝の土鍋ごはんの残りがある。

鶏小屋からは順調に卵が収穫されていた。一個ぐらい残っているだろう。そう思って道長が探したところ、ちょうど一個残っていた。

『ほうほう』

と喜び勇んで道長は卵を割った。

そのときにやめるべきだったのだ。

手元の灯りで見た卵の黄身が、黄色ではなくやや緑がかっていたのだから。

その卵で卵かけごはんを作って食べた道長は、見事に食中毒になったのである。

道長の説明を聞き終わった明日香は、彼が病人であることも忘れて説教した。

「何で緑色の卵が食べられると思ったんですかっ」

「いや……よくかき混ぜれば大丈夫かと思ったんだ……」

道長の声が弱々しい。

「意味がわからない！　どうしてかき混ぜれば大丈夫と思ったのですかっ」

「いやぁ……」

「あのですね。生卵を食べるために私、どれだけ慎重に卵を扱いましたか⁉　そもそも緑色の卵なんて、火を通しても食べちゃダメです」

「うむ……」

道長が腹を押さえて身をよじる。

「一応、私のほうで邪気払いの呪は一応しておきますが、典薬寮《てんやくりょう》に問い合わせて適切な医師による薬をもらってください。一応、私の式神を通じて、典薬寮には話をしておきますので」

晴明も内心あきれているのか、「一応」が多かった。

「そうなりますよね」と東三条院がため息をついている。「私も、これは陰陽師の仕事ではないと言ったのですが、道長が聞かないもので」

「頼っていただけるのは有り難いのですが、一応、この世的な原因で起こったものはこの世の対処法も十分通じるものがありますので、それは利用してください」

うんうんと道長が頷いている。

「晴明どのたちには、少し母屋のほうで。よろしいでしょうか」

と東三条院が促した。うなっている道長は、かわいそうだがしばらくこのままでいてもらうしかない。

晴明と明日香、中務は母屋に移動した。

母屋の上座に座った東三条院が厳しい目つきになった。

「安倍晴明に問う。そこの明日香なる者、いかなる者か」

明日香の胃が冷たくなる感じがした。久しぶりだ。

「いかなる者か、とは」

晴明が涼しげな顔で答えた。

「ずばり聞いてしまえば、そこの女が道長に一服盛ったのではないかと思っている」

「は？」明日香は思わず露骨な反応を示した。「一服盛ったなんてことはありません。さっき道長さまが話したように、自分で勝手に食べてはいけない、傷んでいる卵を、しかも生で食べてしまったからこうなったのです」

東三条院が鼻で笑った。

「ふん。それよ。生の卵など。わざと道長にあやしげなものを食べさせたのではあるまいな」

「道長さまはどう言っているのですか」

「道長は自分で食べたと申している。だが、そのほうが女の武器を使って道長にそのように仕向けたとも考えられる」

明日香は辟易《へきえき》した。

そして悟った。

この東三条院という人は、面倒な人だ。

付け加えるに、とんだブラコンのようだ。

しかもそのブラコンの相手は、あの道長。

姉から見ればかわいい弟なのか。

弟をかわいがる姉なんてラノベの世界にしかいないと思っていたのだけど、まさか実在しているとは。

それもこのような面倒な形でお目にかかるとは思ってもみなかった。

明日香の本心を言おう。

誰が色仕掛けなどしたがるものか。明日香にだって選ぶ権利はある。

それにそもそも道長に毒なんて盛っても死なないのではないだろうか。

卵の食中毒は怖い。

緑色の卵なんて食べたら、普通は死ぬ。

弟の身を案ずるなら、権力者とは思えぬ、小学生男子でもやらないような道長の愚行を説教してやるべきだと思う……。

そんなふうに明日香が猛烈に反論しようとしたのだが、未遂に終わった。

晴明が話に割って入ったからである。

「畏れながら、この明日香は遙か東方の庖丁人。私、安倍晴明が身分は保証しています。道長さまに毒を盛るなどもってのほか……」

「それならば、何故に生の卵など食べたいと道長は思ったのか」

食い意地が張っているからです、とは言わない。

明日香が晴明を促すと、晴明が苦笑を目元にかすかに浮かべて説明を始めた。

まずあの卵はひよこに孵らない卵で食べても殺生戒に触れないこと。

さらに生で食べるためには一定の段取りが必要であること。

道長が食べた卵は、割った段階で〝おかしい〟と普通の庖丁人なら――ついでにいえば、普通の人なら誰でも――判断するものであること……。

それらを晴明が丁寧に説明した。

「要するに、道長の無知が招いた、いわば自業自得と申すか」

はい、そうです、とは明日香からは言わない。晴明に任せる。

「そういうわけではありません。ただ、それほどまでにこの明日香の作る料理がおいしいということでございます」

「ふーん？」と東三条院が疑わしげに明日香を見る。「そのようなものを、この女が作れるのか？」

晴明が明日香に顔を向けた。涼しげに微笑んでいる。これは「うまいものを作れ」という前振りですね。平野レミ先生なお料理にしましょうか？

とにもかくにも、アレ・キュイジーヌ。

このあと作った、産みたて卵の卵かけごはんを実際に食べた東三条院が、明日香の料理にめろめろになってしまったのは言うまでもないことだった。

それから十日ほどして、道長は床を払った。

「すっかり元気になった」

と笑っている。ずっと食中毒で苦しんでいたためろくに物を口にしなかったせいか、頬のあたりがすっきりしていた。

緑の卵ダイエット。絶対に真似をしてはいけないやつだ。

「それはようございました」

と晴明が祝福している。明日香と中務も一緒に頭を下げていたが、明日香はコック服を着ていた。

すでに豆腐ハンバーグを作ったあとなのである。

当然ながらその豆腐ハンバーグは道長のまえに並び、彼は喜ばしげに箸をつけていた。

「ああ。またこの豆腐ハンバーグが食べられるとは思わなかった」

「ご快復、何よりです」

と明日香も頭を下げる。元気になったのはめでたいことだ。こんなところで、「藤原道長、腐った卵を食べて死亡」などという歴史改編はごめんだった。

ちなみに今日の豆腐ハンバーグは、病み上がりの道長の胃に負担がかからないように、ぎりぎりまで豆腐を多くし、大根おろしをそえてあっさり仕上げてある。

道長は豆腐ハンバーグを有り難そうに食べながら、こんなことを言ってきた。

「私の病も癒えたし、残暑も一段落したように見受けられる。蹴鞠《けまり》などによい季節であろうな」

「蹴鞠、ですか」

何でもないふうを装っているが、明らかに狙っていたようだ。

その証拠に明日香が道長の目を見返したら、あちらはちょっと視線を外した。

なるほど。さすが政治家。転んでもただでは起きない。

こんなことなら豆腐ハンバーグなんて作ってやるのではなかった。

だが、蹴鞠と言われても、明日香には正直なところぴんとこない。

現代日本で実際にプレイするチャンスがまずないからだった。

蹴鞠は、言うまでもなく平安お貴族さまたちが鞠を蹴り上げ続ける競技である。

地面に鞠をつけたら負け。

サッカーのリフティングでさえうまくできない明日香にとっては、競技として成り立つほどに鞠を蹴り続けられるのはそれだけで尊敬に値した。

ざっくり言って、道長、うまいのだろうか……。

「実はな」と道長が声を潜めて前屈みになった。「このまえの病気で内裏に上がれなかっただろう？　そのせいで、私の政敵どもがありもしない噂を弘めているようでな」

「噂、ですか」

道長はもうダメらしい、健康に問題があるのではこれ以上重い官職に就けるわけにはいかないだろう、などという噂のようだ。

政治家の健康問題がスキャンダルになるのは、今も昔も変わらないらしい。

「放っておいてもいいのだが、ほれ、そういう噂というのは逆に小さな火種が大きくなることがあろう？」

「ありますね」

明日香が重々しく頷く。

そういうことなら身に覚えがありまくりだ。

だいたいそういうときには、善悪が逆転していたり、加害者と被害者が逆転しているものなのだ。

噂話の好きな人というのはその辺がうまいから、「根も葉もないことだ」と放置しているといつのまにかこちらが悪者にされている……。

ましてや道長は〝政治家〟である。

明日香の知っている歴史では摂政《せっしょう》になる人物。現在はまだまだそこまで行っていない右大臣だが、ここで噂話によって葬り去られたら歴史が変わってしまう。

その原因が卵かけごはん──それも明日香が教えた味──となれば、ちょっとどころでなくまずい気がする。

「そういうわけで、内裏の仁寿殿《にんじゅでん》で蹴鞠の会を開こうと思ってな」

仁寿殿は内裏のほぼ中央にあった。もともとは帝の生活空間だったが、平安中期の宇多帝《うだ》──菅原道真《すがわらのみちざね》の時代である──の頃、その機能は清涼殿に移ったという。紫宸殿《ししんでん》の北、承香殿《じょうきょうでん》の南、清涼殿の東であり、中殿とか後殿とかいう呼ばれ方もする。

「蹴鞠の会……」

なぜそこで蹴鞠の会が出てくるのかわからず、明日香がおうむ返しにすると、晴明が小さな声で説明した。

「蹴鞠をする元気な姿を見せて健康だと内外に示したいのだよ」

「ああ。なるほど……」

道長は脇息にもたれて、晴明の説明を聞かなかった顔をしている。

「それにしても豆腐ハンバーグはうまいな。そうだ。蹴鞠の会のあとには、明日香どのの料理をみなに振る舞うというのはどうだろうか」

「——なるほど」

どうだろうか、などと言っているが、それが本題だったに違いない。このたぬきぶり。日本史的には〝たぬきオヤジ〟と言えば徳川家康《とくがわいえやす》が思い浮かぶものだが、どの時代の政治家たちも似たり寄ったりだったのかもしれない。

「どうだろう。晴明。天文など、陰陽道として問題はないだろうか」

晴明が軽く上を見る仕草をする。計算しているのか、ふりをしているのか……。

「問題ないだろうと思われます」

有名な陰陽師である晴明のお墨付きをもらって、道長は喜んだ。

「そうか、そうか。では明日香どの。ひとつ、その腕を振るってもらえないだろうか」

すでに晴明によって外堀が埋められている以上、明日香が逃げられるわけもない。

「蹴鞠の会、ということは外でやるのですよね」

「そうだな」

「参加されるのは何人くらいになりますか」

「まだそれはわからんな。ただ、蹴鞠をする人間だけではなく、それを見る側も賑々しくいこうと思っている」

「見る側──」

教えてもらって助かった。いわゆるギャラリーのぶんの食数を考えるのを忘れるところだった。

「うむ。姉の東三条院どのは来たいというだろうし、つわりが一段落ついたようなら女御さまにもご照覧いただきたいと思っている」

あのブラコンおばさんはうるさそうだし、彰子が来るならまた別の配慮が必要になってくる。

「──それですと、かなり規模が大きいのですね」

当たり前だ、と道長が眉をひそめた。自身の健康をアピールするのにこぢんまりしたのでは意味がない。

「できれば中宮さまや帝にもご臨席願いたいものだ」

「帝ですか──!?」

明日香は目を丸くした。これ、と晴明がたしなめる。すみません、と明日香が首を引っ込めた。

東三条院なら明日香の全力料理でめろめろにできる自身はある。彰子や定子は面識もあるし、何度か料理を作ったので好みや喜びそうなポイントもわかっていた。

だが、帝となると——難易度が段違いになる。

一度、帝に料理を作ったことはある。でも、それっきりなのだ。

帝まで満足させる料理。

どうしたらいいの？

帝の生活空間が仁寿殿から清涼殿に移ったことにより、仁寿殿の庭で行われる蹴鞠などを帝がご覧になるのは、ときどきあることらしかった。

「となるとやはり、明日香どのの料理の腕を信じるしかあるまい。なあ？」

「……かしこまりました」

女は度胸。平野レミ先生、お守りください……。

「よろしく頼むぞ」と道長は上機嫌になり、残っている豆腐ハンバーグを口に放り込んだ。

明日香の熱と道長の食中毒の間に、季節はすっかり秋に変わっている。

食欲の秋にスポーツの秋か——。

青く高い空をちらりと見ながら、明日香は人知れずため息を漏らした。

できれば読書の秋でゆっくりしたい……。

道長の蹴鞠の会の準備が進む。

その準備は家人の定治たちが詰めていた。

その裏で明日香は当日の料理に頭を悩ませている。

もっとも悩みの種となっているのが、

「何人来るのかが、ぎりぎりまで読めない……」

ということだった。

後宮の料理を一通り終えて早めに晴明の邸に戻り、脳みそを絞っている。

「明日香さま。だいぶお悩みですね」

と中務が白湯を持ってきてくれた。

「ありがとう。ねえ、中務。普通の宴会だとこういう場合はどうするの？」

「人数がぎりぎりまでわからないのですよね？　その場合、多めに膳は用意するのだと思います。欠席が出たらそのぶんの食材を使わなければいいだけなので」

「場合によっては、まったく使わずに廃棄もやむなし、か……」

多分それで、この時代のやり方としては正解なのだろう。

帝をもてなす大饗料理《たいきょうりょうり》は、一品一品が塩で固められて高々と盛り上げられている。

はっきり言って塩からくて完食できるものではない。

あえてそのような料理を作り、少しだけ箸をつけるというのがお貴族さまのたしなみなのだとか。

もっとも、そのたしなみは明日香が帝の行幸の料理を担当したときに一度粉砕してしまっている。

粉砕と言えば、お貴族さまの宴で使う食器類だが、ときどき素焼きの器が使われるとかいう話も聞いたことがあった。一回使ってその場で割ってしまうことで、財力と権勢を顕示するのだという。もったいないこと、このうえない。

「明日香さまの場合は、食材を無駄になさるのがイヤなんですよね」

「当たり前じゃない。お米は作る人の手間暇苦労が八十八回もあるから〝米〟という字を書くのよ？」

「はいはい」

「はいはいじゃなくて。大切なことなんだからね」

「わかってますけど、十回以上は聞いています」

明日香は咳払いした。

「とにかく。大人数を納得させられて、人数の増減にも対応でき、なおかつ私らしいものを作らなければいけないのよね……。えっと、帝の味の好みは――」

と以前の料理メモをひっくり返している。

ありきたりの大饗料理や宴のもてなし膳なら、道長はわざわざ明日香に頼まない。明日香に頼む以上はこの時代の食べ物ではなく、もっと〝先進的〟なものだろう。そうでなければ、道長が立てられている悪い噂を跳ね返すインパクトに欠けるというものだった。

「全員卵かけごはんとかどうですか」

「それこそ卵をいくつ用意しなければいけないかわからない。古い卵や傷んでいる卵が混じっていたら、道長さまが誰かに一服盛ろうとしたって話になってしまう」

さてどんなものにしようか。

そのとき、式神の涼花が声をかけてきた。

「失礼します。明日香さま。火丸が来ていますが、どういたしましょうか」

相変わらずしっとりした美しいお姉さまである。

「火丸？　何かあったのかしら。出ます」

表の門ではなく、裏の土間口にいるのがいかにも火丸らしかった。とっぷり日が暮れてこのようにやってくる男など、通常は危ぶむものなのだが、火丸なら別だった。多少、ぶっきらぼうなところがあるが、彼の持ってくる肉は非常にレベルが高いので、明日香は信頼を置いているのだ。

「明日香さま。もう身体は大丈夫ですか」

「ありがとう。大丈夫だよ」

するとと火丸は小さく頷き、後ろに置いてあった大きな塊を土間に置いた。

「猪《いのしし》です。秋の木の実を食べて脂がついてきています。けれども、冬眠まえほどではないから、しつこくない。病み上がりに精をつけるにはちょうどいいと思います」

一抱えもある大きな猪の肉だ。きちんと毛も取り、血も抜き、処理してくれている。

「ありがとうございますっ」

と明日香が言うと火丸はちょっと頬を赤らめた。

「またみんなの飯を作ってくれると、うれしいです」

それだけ言うと、火丸は小走りで夜闇の中に消えていった。

「行っちゃいましたね」と中務が冷ややかな顔をしている。「こっちは明日香さまと涼花と私で女三人だから気後れしたのでしょうか」

「そうかもね」と明日香が猪肉を土間に入れる。「おお。いいお肉。ジビエ、ジビエ」

「じびえ？　何か冷えました？」

「いつもの独り言。――それにしてもすごいお肉。たまには病気になってみるものね」

「明日香さま？」

中務が本気でにらんでいる。

「嘘です。ごめんなさい。許してください」

「まったく……。ところでこれ、どうするんですか」

「焼いてもいいし、鍋も最高」

「へー」

とりあえず、猪肉を涼しいところに置いておかねばならない。結構な量があるので明日香と中務、晴明の三人で食べるには多い。道長のところへ持っていこうか。

そんなことを考えたときだった。

明日香の頭にあることがひらめいた。

「もしかして。これならできるんじゃない？」

「あ。何か思いついたのですか」

明日香はにっこり笑ってこう言った。

「日本の歴史上、初のバーベキューを開催しましょう」

……翌日、明日香は早速知人たちにいろいろなものを手配し始めた。

食材の数々はもちろんのこと、複数の鉄板、外でかまどを組めるくらいの石、さらに大量の竹を発注したのである。

さらに蹴鞠を作る職人のところへも足を運び、熱心に相談したのだった。


蹴鞠の会の当日がやってきた。

蹴鞠とは、鞠を一定の高さになるように互いに蹴り合い、その回数を競う競技である。

このとき使う鞠は二枚の鹿革を、馬革で縫《ぬ》い合わせたものを使うのだが、この出来不出来によっても当然、蹴ったときの高さに違いが出てくる。

蹴り上げる高さはだいたい身長の二・五倍までとされていた。

通常、八人で行う。

鞠庭とか鞠場とか呼ばれる三間程度の広さ（一辺約十三メートル）の競技場がある。

四隅には式木と言って桜、柳、楓《かえで》、松の木を一本ずつ配置した。

蹴り方にも、決まりがある。

基本的なところとしては、右脚で蹴ること。

さらには膝を曲げずに蹴ること。

また上半身は動かさないこと。

姿勢の中では鞠庭に背を向けるのは不可とされていた。そのため、遠くへ鞠が飛んでいきそうになったら走って追いかけてまず鞠を追い越し、次に庭に身体を向けてから蹴ることとされている。

何回鞠を蹴ることができたかという団体戦と、鞠を落とした人物が負けという個人戦があった。

蹴るときは沓《くつ》を履く。女房女官は沓を履かないから、男だけの競技だった。

これらのルールを晴明と中務から教えてもらった明日香は顔をしかめた。

「無理」

明日香では一回鞠を蹴ることができれば御の字だろう。

「ははは。明日香は蹴鞠が苦手か」

「蹴鞠というか、球を扱う遊びは全般的に苦手です」

明日香は料理の準備に専念することにしている。

鞠庭を遠くに見ながら、大変だなぁと他人事のようにしていた。

「それにしても」と晴明が明日香の今日の〝御厨子所〟を見渡す。「内裏のど真ん中で何を始めようというのか」

砂をまいた場所に石を積み上げ、平らな鉄板を乗せたものが、三カ所あった。

そのどれもが、積み上げた石のところに火がつけられ、鉄板を熱する仕組みになっていた。

「この鉄の板を熱して、何かをやろうというのか」

「お。さすが。正解です。ここでいろんなものを焼いていくんですよ」

「ほう？」

おもしろそうに覗き込む晴明に、もっと詳しく話してあげようと思ったときだ。

そこへふらりと道長がやってきた。

「今日は頼むぞ」

「はい」

「女御さまもつわりが収まってきたそうでな。ご臨席いただいている」

「よかったです。久しぶりに楽しくておいしいものを召し上がっていただきたいですね」

と明日香が答えたのだが、道長はやや怪訝な顔をして彼女の周りを覗き込んでいる。

「明日香どの」

「何でしょうか」

「私の見間違えでなければ、食材がまるで生のようだが」

生肉、生魚、生野菜、ついでに生卵がいくつか置かれているだけ。

調理済みのものはどこにもない。

生、という単語を機敏に聞きつけたのか、東三条院もこちらに来ていた。

「道長の全快祝いに、またしても生ですか」

その顔には「やはり道長に一服盛るつもりなのか」と書いてある。いい加減、弟離れをしてほしい……。

「そういう東三条院さまも、卵かけごはんをおいしそうにお召し上がりでしたよね？」

東三条院が真っ赤になる。晴明はそれを見なかったふりをして、さりげなく場所を異動していった。

「あ、あれは――きちんと明日香どのが管理したからです」

「今回もちゃんと管理していますからご安心ください。それよりも、お願いしていたこと、よろしくお願いしますね」

「わかっている。……なぜおぬしが蹴鞠の鞠にこだわるのかはさっぱりだがな」

「あとでわかりますよ」

そこへ定治が小走りにやってきた。あまり顔色がよくない。いい知らせではないようだ。

「道長さま」と言って、定治が道長に耳打ちをする。聞き終えた道長が「何?」と眉をつり上げた。

「困るではないか!」

「申し訳ございません」

何だかもめてますね、と中務が微妙に距離のある言い方をする。関わらないほうがいいですよ、と言外に言っているが、一応、聞いておいてあげないといけないだろう。そうしないとあとでどんな大事になってから知らされるかわかったものではない。道長の言葉ではないが、火は小さいうちに対処しないといけないのだ。

「あのぉ。何かあったのですか」

定治が申し訳なさそうな顔をこちらに向けたが、何も言わずに視線を外した。結構やばそうだな、と感じた。

さあっと秋風が頬をなでる。

「実はな」と水を向けていない道長が渋い顔を向けた。「こちらの蹴鞠の鞠足がひとり来ないと言い出した」

鞠足というのは蹴鞠の選手のことだった。上手な選手を名足、下手な選手を非足と呼んでいる。

明日香が何か言うよりも先に、東三条院が柳眉《りゅうび》を逆立てた。

「誰がそんなことを言っているのですか」

「小野宮《おののみや》の実資《さねすけ》どのです」

と答える道長の声が小さい。

いま彼が小野宮の実資と言ったのは、藤原実資——藤原北家小野宮流の当主である。有職故実に優れた教養人で所領も多いとか。それもそのはずで、もともとは北家小野宮流のほうが嫡流だったらしい。

それが、しばらくまえに道長たちの九条流に政治的には抜かれてしまったのだ。

と、ここまでのことは、明日香の背後から中務がざっと教えてくれた。

実資、という名に聞き覚えがあると思ったら、『小右記《しょうゆうき》』という日記を残したと歴史で習ったことがあった。たしか、道長とは多少反発し合うような関係だったような……。

東三条院が地団駄を踏むようにしている。

「おのれ、実資。彰子入内のとき、記念の屏風に歌を書けと道長が命じたら、『古今東西そのような前例はない』と断って、道長や私の顔に泥を塗った男め。またしても恥をかかせるか」

「しかし、実資どのは当代有数の名足です」

と道長が姉をなだめている。実資は蹴鞠の名人でもあったのか。教科書に載っていない日本史だった。

「実資どのが来ないとは、大問題ではないですか」

「はい……」

「よいですか。今日はあなたの健在を示すと共に、伊周よりも優れているところを見せつけようとしているのです。そのためには何としても伊周に蹴鞠で勝たなければいけない」

「わかっています。だからこそ、名足の実資を頼ったのですが……」

どうやら今回も実資に逃げられたらしい。道長の政治の道具に使われるのはごめん、というところだろうか。

「どうするのですか。実資に代わる名足はいるのですか」

「それは……」

と道長が白い顔で頭を抱えている。そんなに実資という人は蹴鞠がうまいのか。

そのとき背後から、さわやかな若者の声がした。

「右大臣さま。このたびはお招きいただき、まことにありがとうございました。東三条院さまにおかれましても、ご機嫌麗しく……」

振り返ればすらりとした美形男子が立っている。微笑む姿も上品で、清げ。この人が中宮定子の兄・藤原伊周ではないかと思ったが、やはりその人だった。

東三条院が軽く視線を外し、道長は愛想笑いを浮かべた。

「伊周どの。ようこそお越しくださった」

「お身体のほうはすっかりよろしいのですね」

「おかげさまで」

「そうですか。それはよかったです」と伊周がさわやかに笑う。

「今日はよろしくお願いします」

と道長が言うと、伊周はやる気に満ちた表情を見せた。

「蹴鞠は最近やっていなかったので、少し自信がないのですが、がんばります。仲間も連れてきましたから」

「はっはっは。若い力のまえにすでに私は敗れてしまいそうです。負けないように私もがんばりますぞ」

そのあと二言三言話して伊周は去っていった。

さっそく、東三条院が道長に険しい顔で告げる。

「まったく伊周め。実資が来ないことを知っていて、わざとあんなふうに余裕を見せつけてきたのではないか」

道長が「はあ」と頷いている。そんなふうには見えなかったのだけど、と明日香は思う。人の言葉を何でもかんでも悪く捉えるのは、よろしくないのではないか。

「いまいましい男だ。あの軽薄な笑顔の下で、一体どのような悪辣《あくらつ》なはかりごとを巡らせているか」

と東三条院の怒りは収まらない様子だった。

「左様でございますな」と道長が頷く。

あれ、と明日香は思った。

道長はそれほど伊周に屈折した感情は持っていないのだろうか。

ひょっとしたら道長も明日香と同じようなことを考えているのかもしれない。道長と伊周のふたりの政治上の確執は、入内の問題はさておき、東三条院の屈折したものの見方が原因なのではないだろうか……。

とはいうものの、普通にさわやかな好青年だったと思いますが、とはさすがの明日香も言わない。

「よいか、道長。絶対に勝つのですよ⁉」

「はいっ」

言うだけ言って東三条院は行ってしまった。

残された道長がため息をついている。

「さ、さて。私も仕込みに――」

「そうですね」

明日香が中務を伴って歩き出そうとしたときだ。

道長と目が思わず合ってしまった。

イヤな予感――。

「明日香どの。蹴鞠は得意か」

「来ると思ったぁ！」

「ということは上手なのだな？」

「そんなわけありませんっ」

「いや、そんなことはない。あれだけおいしいものを作れるのだから、蹴鞠だってできるはず！」

「ぜんぜん意味わかんないし！」

なぜ誰も彼も、料理ができると諸事万端何でもできると、発想が飛躍するのだろう。

道長が食い下がる。

「私もがんばるのだから、頼む」

「頼まれません！」

「大丈夫だ。蹴鞠の要諦はただひとつ。地面に落とさないことっ」

「それができないから無理だって言っているんですっ」

「私だって出るんだ。大丈夫」

「大丈夫ではありませんっ」

明日香が逃げようとするが、道長が逃がすまいとする。

「この私が頭を下げているのだぞっ」

「全然下げてませんっ」

「いいからっ」

「じゃあお料理作りませんよ⁉」

道長の動きが止まった。

「それは——困る」

道長、こめかみに血管を浮き上がらせている。大ピンチなのだなというのはわかった。しかし、明日香がその打開策になると、なぜ確信しているのだろうか。

「私は料理を作る。蹴鞠はしない。よろしいですね？」

「ぐ、ぐ、ぐ……。卑怯だぞ」

「全然卑怯じゃありませんよ⁉」

誰か助けて。

そこへ風のごとく戻ってきたのが、安倍晴明だった。後ろには涼花も控えている。

明日香はここに天の助けを見た。

「晴明さん。私、そろそろ料理の支度を始めたいのですが」

「そうだな」

「道長さまがちょっとお困りのことがあるようで……」

「それは、それは」と晴明が苦笑する。「明日香の代わりに、私が承りましょう」

あの晴明の表情、ひょっとしてバレていたかもしれない。あれだけ大声で道長ともめていれば周りにも聞こえるだろう。

「おお、晴明どの。陰陽師のおぬしに話すのは筋違いかもしれないのだが。ちと相談に乗ってくれ」

と、実資の欠席を道長が訴えた。晴明に話すときには筋違いだとわかっているのだな、と明日香は思った。

「なるほど。それで、実資どのの代わりに明日香を使おうとしたわけですね」

「そうだ。明日香どのなら何でもうまくできそうに思うのだが」

「ですから、料理と蹴鞠は別のものです」

と明日香が訴えると、晴明も苦笑した。

「ふふふ。たしかに明日香の言うとおり、別のものでしょう。本人ができないと言っている以上、やはりできないと思われます」

「では、どうしたらいいのだ」と道長が苦り切っている。「姉上は怒ると怖いんだよ」

とうとう本音の出た道長に、晴明が「私のほうで人を探しますから」となだめてくれた。

まだ何か言いたそうな道長を、晴明がどこかへ連れていく。

「……明日香さま。とにかく始めましょうか」

「そうね」

さあ、料理の時間だ。

アレ・キュイジーヌ――。

御厨子所で肉に下味をつけていると、仁寿殿の鞠庭のほうから歓声が聞こえる。

「盛り上がっていますね」

「そうね」

通常の作業をしている采女たちが背伸びをして様子を見ようとしていた。用事があって外に出ていた采女が「伊周さまが少しだけ見えた」と黄色い声を上げている。まあ、道長より見目麗しいのは事実だ。

仁寿殿の庭で、明日香は下味をつけた肉と野菜を確認していく。

中務が御厨子所からさらに材料を持ってきていた。

また歓声が聞こえる。誰かが地面に鞠を落としたようだ。

「さあ、たくさん蹴っ飛ばしてちょうだいね」

と明日香が独り言を言いながら、即席のかまどと鉄板で作った簡易バーベキュー場に材料を置いた。

よしやるぞ、と明日香が心のなかで気合いを入れ直したときである。

何の気なしに鞠庭を見て、明日香は衝撃を受けた。

「いっ⁉　晴明さん⁉」

そこにはあの晴明が軽やかに鞠を蹴る姿があったのだ。

涼やかな面立ちにかすかな笑みを浮かべながら、優雅に鞠を蹴っている。

まるで鶴か白鳥が舞っているような姿だ。

はっきり言って、道長の蹴鞠と比べものにならないくらいに芸術点が高かった。

「何気に上手ですね」と中務。

明日香はそばにいた涼花に尋ねる。

「晴明さんって蹴鞠もできるの？」

「主は、やろうと思えば、大抵のことは一通りできます」

「すごいですね」

「興味関心が広いのです。何でもやってみないと気が済まないようで。珍しい姿が見られて、主上も中宮さまや女御さまも興味深げにしています」

晴明は軽やかに鞠を蹴り上げていた。

見物人たちにとってはこれ以上ないほど、おもしろい光景だろう。

晴明は意外にうまい。

かと思うと、伊周にうまく負けてやっているところもある。

厳しい鞠を晴明が上手に返せても返せなくても、見物人は大喜びだった。

…………。

……いけない、いけない。

思わずずっと見てしまうところだった。

明日香は簡易バーベキュー場に火を入れて、鉄板を焼き始める。

十分に熱されたところで、油をまき、何はともあれ鶏肉と猪肉を置いた。

じゅううう、という肉の焼ける音がした。

香ばしい匂いが立ちこめ、晴明以外の人びとの注意がこちらに向く。

その隙に晴明が鞠を決めていた。

肉を焼き、魚や野菜なども置けば、音と煙があたりに広がる。

その匂いと煙に誘われたわけでもないだろうが、女御付き女房の大納言が、様子を見にやってきた。

「明日香さま。今日は何をされているのですか」

彰子だけではなく、定子も主上も気になっているとか。

「バーベキューです」

「ばーべきゅー？」

「外でお肉やお魚、野菜を焼いて、焼き上がったものを切り分けて食べるものです」

「はぁ――」

と大納言が感心したような顔をしている。

肉はしっかり火を通す。

個人的には焼き加減はレアでもいいくらいなのだが、食中毒を出すのは料理人として恥だからだ。

「よーし。第一弾。できたよー」

焼き上がった猪肉や鶏肉を別の器に取り、切り分ける。

見物人の半分くらいは蹴鞠よりもバーベキューの匂いに惹かれているようだった。

「中務。まず味見を」

と明日香が薄めに切った肉類と焼き野菜を少し器に盛り、中務に渡す。

焼いた肉を口にした中務の表情がとろけた。

「明日香さま。これ、すごくすごくおいしいです」

「おいしいか」

「嚙めば嚙むほど口の中においしい汁があふれてくるんです。──ずっと嚙んでいたい」

長めに肉を嚙みしめていた中務だが、とうとう肉をのみ込む。

「のみ込んだ感想は？」

「ちょっと悲しいですけど、のみ込んだときの満足感もすごいです」

味見はクリアした。明日香は少しずつ肉や野菜をとりわけ、器に乗せて中務や涼花に運んでもらう。

仁寿殿を見ると、半分下げた御簾《みす》から衣裳の裾《すそ》が見えている。

定子や彰子もいるはずだ。

つわりが一息ついたという彰子にも楽しんでもらえるだろうか。

肉と魚と野菜の焼ける煙に包まれながら、明日香はバーベキューを焼いていく。

再び、大納言がやってきた。

「主上から『たいへんよい味です』とのお言葉です。中宮さま、女御さまもたいへんお喜びになっています」

「よかったです」明日香は煙にまみれながら笑顔を見せた。「材料はじゃんじゃんありますから、みなさんもたくさん食べてくださいね」

「ありがとうございます」

明日香のバーベキューが行き渡るにつれて、見物人の気持ちが蹴鞠からバーベキュー（特に肉）に移っていくのがわかった。

「何だ、この食べ物は」

「こんなにおいしいもの、食べたことがないぞ」

「外の景色を見ながら食べるのもいいですね」

蹴鞠のほうはぎりぎりのところで晴明が鞠を落とし、伊周たちの勝ち——つまり、道長たちの負けになった。

となると当然、東三条院の機嫌が悪くなる。

そこで明日香は次の手を繰り出した。

「次はこのタレをつけて食べてみてもらってください」

と東三条院のバーベキューを取りに来た小少将にお願いした。

「これは何ですか？」

「今朝取れた産みたて卵で作った手作りマヨネーズです。ほら、チキンフィレサンドに入ってたやつ」

「ああ。あれですか」と小少将の顔が輝く。「おいしいですものね。あれ」

「そのあと、さらに胡椒《こしょう》をまぶすとまた違った味になるから」

焼いた鶏肉などにも手作りマヨネーズは合うはずだし、ちょっとした味変になる。

そのあとの胡椒は、ほんとうなら七味唐辛子をかけたいところなのだが、そこまで手が回らなかった。

次回以降の課題である。


「いやあ、晴明どの、お強い」

「いえいえ。さすが伊周さま。身のこなしが雅でいらっしゃる」

と蹴鞠が終わった晴明たちもバーベキューを楽しみ始めた。

「あ。何という食べ物……っ」

「ふむ。今日も明日香の料理は絶好調のようですな」

そこへ道長も「晴明どののおかげでよい蹴鞠になった。礼を言う」とやってくる。

「負けてしまい、申し訳ございません」と晴明。

「いやいや。伊周どのが強すぎたのよ。なあ、伊周どの？」

「畏れ入ります」

「だが、政では私は負けないからな？」

道長が冗談めかした表情で言うと、伊周も晴明も声を上げて笑った。

「女御さま。つわりのほうはいかがですか」

と定子が控えめに尋ねる。

「おかげさまでもうすっかり。今日もこのばーべきゅーというのをおいしくいただけています」

と彰子が焼いた鶏ももに口をつけている。

「子を産むというのは命がけのことですが、明日香さまのおいしいお料理があるのは心強いですね」

「中宮さまのおっしゃるとおりです。ですが明日香さまは私が独り占めするにはあまりにももったいないお方。こうして主上や中宮さまにも喜んでいただきたく存じます」

ふたりの后が楽しげにバーベキューを楽しんでいた。

用意した肉も魚も野菜も、するするとみなの胃に収まっていった。

鉄板の火を落とすと、道長がふらりとやってくる。

「もうおしまいか」

「ええ」

少し道長が不服そうにした。「私たち蹴鞠をしていた人間は、食べはじめが遅かったからな。もう少しあってもよかったのだが」

するど明日香はにっこり笑った。

「ええ。蹴鞠をしてくださった方に最後の締めがあります」

「ほう？」

道長の顔が輝いた。

その間に、涼花がてきぱきと二つに割った竹を運び、組み立てていく。

「涼花さん。水がきちんと流れるように必ず傾斜をつけてくださいね」

と明日香が言うと、それだけで涼花は意味がわかったらしい。竹に緩やかな傾斜をつけながら組んでいく。

「これは何だね？」

「流しそうめんです」

思い切り〝和〞だし、季節が少し秋になってしまったけど、蹴鞠の鞠足たちは身体を動かして暑いだろうから、ちょうどいいだろうと考えたのだ。

しかも緑の竹が複雑に組まれて水を流されている姿は、遠目にも美しい。

水は庭の遣り水を涼花が繰り返し流してくれていた。

「行きますよー」

と中務がそうめんを流し始める。

平安貴族たちが箸を構えて真剣な顔をしていた。

「よしっ。……あれ、あまりすくえなかった」と伊周。

「ほっ。……なかなか難しいですね」これは晴明。

「おっと。……ははは。取れた。取れたぞ」

と道長が喜びの声を上げた。同じく竹で作った器に入れためんつゆにつけて食べる。

「どうですか」

道長の目が輝く。

「いいな、これ。さっぱりしていてするするしていて。食感も楽しいし、またこのめんつゆがうまい」

ほんもののそうめんにはほど遠い、明日香の手作りの極細うどんもどきみたいな麺だが、気に入ってもらえたらしい。

どんどんいきますよー、という中務の声と共に、そうめんが流れてきた。だんだんなれてきたらしく、伊周も晴明も、他の者たちも流しそうめんを食べられるようになる。

鞠足たちの笑い声に、東三条院ら仁寿殿にいる見物人たちも流しそうめんに興味を持った。

あれは何か、と問う東三条院らにも、そうめんを振る舞った。外へ出てこられないから流しそうめんとは行かなかったけれども……。

「あら。さっぱりしていておいしい」

と真っ先に目を輝かせたのは定子だった。彰子も「これ、とても食べやすいですね」と喜んでいる。

東三条院は黙ってひたすら箸を動かしていた。

流しそうめんが終わると、道長たち鞠足も満足した様子である。

「明日香どの。ご苦労だったな」

「ありがとうございます」

道長はふと視線を外して頬をかきながら、

「あの高熱から、よく戻ってきてくれたな」

明日香はややほろ苦い気持ちで微笑んだあと、ぱっと明るい顔になった。

「さあ、仕上げですっ」

「仕上げ？」

ええ、と明日香は頷いた。

「道長さまは、自分の健在ぶりを披露するためだけに蹴鞠の会をしたわけではありませんもの。主上や中宮さま、女御さまに秋の一日を、とことん楽しんでいただくためですものね」

「うん？」

道長が不思議そうな顔をしている。

明日香は涼花を呼んだ。

涼花の手には、先ほどまで道長や伊周、晴明が一生懸命に蹴り上げていた鞠がある。

「この鞠にも助けられた」と道長が覗き込む。「普段使う鞠より少し大きかったからな」

「そうでしょうね」

と明日香は包丁を構える。

「おぬし、何をするんだ」

「ふふふ」

明日香はわざとらしく不気味に微笑んだ。

「あなや」

と大きな声を上げる道長には目もくれず、鞠の縫い目に包丁を差し入れる。

小さな音を立てて鞠の縫い糸が切れていった。

その中には氷で囲まれた蓋の閉じられた器が入っている。

蓋を開いて明日香は笑顔になった。「うん。できてる」

「それは何かね」

と晴明も覗き込んでいた。

「アイスクリームです」

「ふむ……。不思議なものをまた作ったのだな」

バニラエッセンスは手に入らないから、アイスクリームというより昔懐かしのアイスキャンディーに近いかもしれない。

牛乳に蜂蜜をよく混ぜたものを密閉した容器に入れ、器の周りを氷で固めた。

そのうえで――つまり蹴鞠が始まるぎりぎりの段階で――皮革を縫い合わせて蹴鞠に仕上げた。

二十一世紀のキャンプグッズで、サッカーをしているうちにアイスクリームができるというものがあったのを思い出したのだ。

蹴鞠で激しく蹴り上げて続けてもらうのがポイントだったのだが、うまくいったようだった。

明日香はそれを持って仁寿殿に上る。特製ミルクアイスは主上とふたりの后たちに振る舞われた。

ふたりの后は目を丸くし、互いの顔を見合った。

「まあ。削り氷のように冷たいのに、それよりも遙かに甘い」

「おいしい。これはほんとうにこの世の食べ物なのでしょうか」

味見と称して一口だけ食べた道長が、目を白黒させている。

「晴明どの。明日香どの。もっとないのか」

それらの反応に明日香は、感無量の思いがした。

いい光景だな、とつくづく思う。

自分が作ったものをおいしいと食べてもらえることはうれしい。

けれども、それだけではどこか押しつけがましい。

明日香がほんとうにうれしいと思ったのは、明日香の知っている歴史ではライバル同士とも言われていたふたりの后や道長と伊周が、同じものを食べて屈託なく笑っている姿が見られたからだ。

どうして自分が平安世界に残ったのか、また残ることができたのか、はっきりとはわからない。

帰りたかったな、という気持ちが全くないと言えば嘘になる。

けれども、この光景をいいなと思っている自分の心の中に、ひょっとしたら答えがあるのかもしれない。

夕日が黄金色に輝いている。

自分はまだ夢を見ているのかもしれない、と思って、その夢がどちらのものか、明日香はわからなくなる。

平安の京にいる自分が夢なのか。それとも、二十一世紀の浅草にいた自分が夢なのか。

いつかは元の世界に戻れるかもしれない。

やるべきことをやってから、なのだろう。

それはいまではない——そう直感している。

こうなったら、すべては神さまの御心のままに、だ。

ただ言えることは。

その夢が消えたとしても、そこで味わった美しい経験は消えていかないだろうということだった。

かりそめの結び

蹴鞠の会から数日——。

道長がまた倒れた。

晴明と明日香、中務が急行すると、道長の邸では、今回も衾をかぶった道長と渋い顔をした東三条院が待っていた。

「それで……今度はどうされました?」

かかりつけ医のような口調で明日香が尋ねた。

「ううっ……」と道長がうなっている。

「また生卵ですか」

「ち、違う」

「じゃあ何ですか」

「……そうめんとミルクアイスを——」

明日香はため息を盛大についた。今度は冷たいものの食べ過ぎらしい。明日香は部屋の隅で小さくなっている家人の定治に目を向けた。そうめんやミルクアイスの作り方は教えたが、決して食べさせすぎないようにと言っておいたのに。定治は首を小刻みに左右に振った。ではどうしてこうなった、と目だけで問うと、定治は顎で何度も東三条院のほうをしゃくる。

明日香からでは角が立つ。晴明に任せることにした。

「何か、ご存じですか。東三条院さま」

渋い顔をしていた東三条院が口を開いた。

「だって。おいしいからもっと食べたいって、道長が言うものだから。食べさせないのもかわいそうではないですか」

「もうよい年なのですから、弟を甘やかしてはいけませんね」

稀代《きだい》の陰陽師・安倍晴明からそう言われれば、主上の母である東三条院といえども無下にはできないだろう。

「……わかりました」

東三条院は不承不承頷いた。

明日香は道長の邸の台盤所を使って、チキンスープを作っている。

道長のお腹を温めるものを、と思って作っていた。

チキンは、火丸がまたいいのを持ってきてくれたのである。

その火丸だが、ちょうど明日香がスープの仕上げをしている頃に道長の邸にやってきた。

「今日はこっちだって聞いたので、来ました」

「あら。火丸。このまえは猪の肉をありがとう。おいしくいただきました」

「聞いてます」そう言って火丸はにっこり笑った。「役に立てて、よかったです」

いい笑顔だ。都会ではお目にかかれない、裏表のない笑顔である。

「今日はどうしたの？」

「雉を捕ったので持ってきました。一羽だけだが食べてください」

そう言うと火丸は中務に血抜きした雉を押しつけた。

じゃあ、と言って火丸が出て行く。その背中に明日香が声をかけた。

「今度、晴明さんのところでまたバーベキューをやるの。火丸や恒吉たちみんなのための。よろしくね」

ちらりと振り返った火丸が、わかりました、と答えた。

仕上げたチキンスープを道長のところへ持って行くと、道長は大喜びでチキンスープを飲んだ。

「これは身体が温まるな。おかわ――」

「おかわりなら今日はダメです」

「…………」

「過ぎたるは及ばざるがごとし。どんなにおいしいものでも食べ過ぎれば毒になります」

「……わかった」

名残惜しそうに道長がからになった器を見ている。

「――私は腹痛ではないので、おかわりをいただいてもいいですよね？」

と東三条院がしれっと言った。

「姉上。それはないでしょう」

「何を言うのですか、道長。あなたの身体を案じているからこそ」

「案じているなら、目の前で何杯も食べたらかわいそうだと思って、おかわりはなしにしてください」

「ぐっ……」

東三条院が絶句した。

「明日、また食べればいいんです。明日になったらまたおいしい味が出ていると思いますから」

「ほう。それは楽しみだ」と道長。

「それでまた開くのですか。――床払いを祝っての蹴鞠の会」

晴明がそう尋ねると、道長は真面目な顔になった。

「同じことを二度開いてもおもしろくない。――今度は歌会にするか」

「歌会……」

「歌会だと帝は難しいだろうが、女御さまにはご臨席いただこう。つわりがおさまったそうだからこれからはとにかく食べてお腹の子を育てねばな。――明日香どの。がつんと来るのをまた頼むよ」

明日香は頬が引きつった。

「あのですね？　お腹に赤ちゃんがいるからって、とにかく食べればいいというのは間違いなんですっ！」

東三条院もこんなことを言った。

「帝がますます明日香どのの料理を気に入ったご様子で。仲秋観月《ちゅうしゅうかんげつ》の宴や重陽《ちょうよう》の菊見の宴もぜひ明日香どのの料理でとご指名でしたよ」

「みかどぉ……」

明日香はめまいを覚えた。

けれども——平安時代に残ると決めた以上、やってやりましょう。女は度胸。心の中の平野レミ先生と土井善晴先生を総動員してでも。

宮中行事と洋食の融合。素敵ではないか。

さあ、楽しい料理の時間だ。

アレ・キュイジーヌ——。

双葉文庫

え-08-06

平安後宮《へいあんこうきゅう》の洋食《ようしょく》シェフ❷

蹴鞠《けまり》と秋《あき》の宮中《きゅうちゅう》バーベキュー

2022年6月19日　第1刷発行

【著者】

遠藤《えんどう》遼《りょう》

【発行者】

島野浩二

【発行所】

株式会社双葉社

〒162-8540 東京都新宿区東五軒町3番28号

［電話］03-5261-4818(営業部)　03-5261-4851(編集部)

www.futabasha.co.jp(双葉社の書籍・コミックが買えます)

【印刷所】

中央精版印刷株式会社

【製本所】

中央精版印刷株式会社

【フォーマット・デザイン】

日下潤一

ISBN978-4-575-52580-9 C0193

Printed in Japan